Klarant Verlag

Die gebürtige Ostfriesin **Sina Jorritsma** aus der Krummhörn studierte in Hamburg Germanistik und Philosophie, bevor sie wieder in ihre Heimat zurückkehrte. Sie veröffentlicht unter Pseudonym, weil sie ihre Umgebung genau beobachtet und Ereignisse aus ihrem Leben in ihre Geschichten einfließen. Das Romaneschreiben ist ihr kleines Geheimnis, das nur wenige Menschen kennen. Bei einer großen Kanne Ostfriesentee mit Sahne und Kluntjes kann sie halbe Nächte durchschreiben, tagsüber hält sie sich mit Joggen fit. Sina Jorritsma lebt mit ihrer Familie in einem kleinen Ort bei Emden.

Sina Jorritsma

Juister Zeuge

Ostfrieslandkrimi

Klarant Verlag

Copyright © 2021 Klarant GmbH, 28355 Bremen
Klarant Verlag, www.klarant.de – www.ostfrieslandkrimi.de
ISBN: 978-3-96586-307-1
1. Auflage 2021
Umschlagabbildung: Klarant Verlag

Kapitel 1

Kommissarin Antje Fedder hatte ein mulmiges Gefühl in der Magengegend, als der weiße Rumpf des Fährschiffs im Morgennebel am Horizont erkennbar wurde. Für die Juister Inselpolizistin gehörte das Eintreffen der von Norddeich aus einlaufenden Schiffe eigentlich zu den Alltäglichkeiten, genau wie der Wechsel von Ebbe und Flut sowie die An- und Abreise der Urlaubsgäste. Doch diesmal würde ein Mann an Bord sein, dessen Eintreffen ihr Kopfzerbrechen bereitete. Auch, wenn sie sich ihre Beklemmung nicht wirklich eingestehen wollte.

»Bist du mit dem falschen Fuß aufgestanden?«

Diese Frage kam von Kommissar Roland Witte. Er stand neben ihr, die Daumen lässig in sein Koppel gehakt. Der dunkelhaarige Kollege war privat außerdem ihr Freund, wodurch er Antje besser kannte als die meisten anderen Menschen. Man konnte ihm nicht so leicht etwas vormachen, doch das war in diesem Moment auch gar nicht ihre Absicht. Antje schob eine Strähne ihrer langen blonden Haare unter die Uniformmütze zurück und erwiderte: »Wundert dich das, mein Lieber? Es geschieht nicht jeden Tag, dass unsere friedliche Insel ins Visier des internationalen Verbrechens gerät.«

»Übertreibst du nicht ein wenig? Wenn alles glatt läuft, werden die nächsten sieben Tage problemlos vorübergehen.«

»Das entscheidende Wort in deinem Satz lautet *wenn*, Roland. Ich halte mich an Murphys Gesetz: Wenn etwas schiefgehen kann, dann geht es auch schief.«

»So pessimistisch kenne ich dich ja gar nicht. Wo bleibt die Unbeirrtheit der Inselfriesen? Dieser Murphy war garantiert kein Juister, da gehe ich jede Wette ein.«

»Und die würdest du auch gewinnen«, gab Antje zurück. Sie neigte wirklich nicht zur Schwarzseherei. Gewiss, die aktuelle Situation war ungewohnt. Aber immerhin *wussten* die Kommissare, dass ein Schwerkrimineller in wenigen Minuten hier eintreffen würde. Die Information kam vom Bundeskriminalamt. Und sie hatten keinen Grund, diese Angaben zu bezweifeln.

Die Inselpolizisten standen neben den fahrbaren Containern, in denen das Gepäck der abreisenden Touristen gestapelt wurde. Die Urlauber gingen nur mit ihrem Handgepäck an Bord des Schiffes und bekamen ihre übrigen Koffer und Taschen dann wieder nach dem Eintreffen in Norddeich ausgehändigt. Antje liebte eigentlich die quirlige Atmosphäre vor und in dem Terminal, wenn die Fähre anlegte und die ankommenden mit den abfahrenden Gästen ausgetauscht wurden. Juist war ganzjährig ein beliebtes Ferienziel, und jetzt – Anfang April – füllten sich die Urlaubsquartiere stärker als während der ruhigeren Wintermonate.

Das Bundeskriminalamt hatte es trotzdem geschafft, ein Ferienhaus anzumieten.

Die Fähre hatte nun den Inselhafen erreicht. Wegen der Gezeiten konnten die Schiffe nur zweimal am Tag anlegen. Somit war Juist weniger gut zu erreichen als etwa Borkum oder Norderney. Ein Nachteil, der aus polizeilicher Sicht momentan allerdings eher ein Vorteil war. Je weniger Menschen eintrafen, desto einfacher konnten mögliche Gefahren erkannt werden. So lautete zumindest Antjes Meinung.

»Wir sprechen Pflüger aber nicht an, oder?«

Rolands Stimme riss sie aus ihren Überlegungen. Sie drehte ihren Kopf in seine Richtung.

»Nee, natürlich nicht. Es ist ja nicht so, dass die Polizei jeden eintreffenden Badegast mit Handschlag begrüßen würde. Je weniger Aufsehen wir erregen, desto besser.«

»Dann hätten wir gar nicht erst zum Hafen fahren sollen«, meinte der Kommissar. Das stimmte grundsätzlich, wie auch Antje fand. Doch sie wollte sich selbst ein Bild von der Lage machen. Dabei hatte der BKA-Kollege am Telefon betont, dass die Inselpolizisten nicht in Aktion treten mussten.

»Wir wollen Sie nur über unser Vorhaben informieren. Sie müssen sich keine Sorgen machen.«

Das waren die exakten Worte von Hauptkommissar Schröder gewesen. Und diese Sätze hatten Antje erst recht beunruhigt.

»Da kommen sie«, meinte Roland. Er beging natürlich nicht den Fehler, mit dem Finger auf Pflüger und dessen Begleitung zu zeigen. Auch Antje hatte das Paar bemerkt.

Der Kriminelle war groß und breitschultrig. Er trug eine modische Lederjacke, Jeans und Cowboystiefel. Die junge Frau an seiner Seite hatte ihr blondes Haar zu einem strengen Knoten geformt. Sie wirkte sportlich und durchtrainiert. Mit ihrer blauen Regenjacke und der schwarzen Leinenhose fiel sie zwischen den vielen leger gekleideten Urlaubsgästen nicht weiter auf.

»Man könnte die beiden wirklich für Freundin und Freund halten«, murmelte der Inselpolizist, »und nicht für einen Kronzeugen und dessen Personenschützerin.«

Antje nickte. Sie vergegenwärtigte sich, was sie vom Bundeskriminalamt erfahren hatte: Pflüger war bereit, mit seinem Insiderwissen gegen die berühmt-berüchtigte Sottek-Gruppe auszusagen. Es standen Anklagen wegen Geldwäsche, Urkundenfälschung, Kidnapping und Menschenhandel im Raum. Wenn Pflüger in einer Woche in den Zeugenstand eines Frankfurter Gerichts trat, würden

Theo Sottek und dessen Söhne für viele Jahre hinter Gittern verschwinden. Kein Wunder also, dass Pflügers Leben in Gefahr war.

Das BKA hatte beschlossen, ihn bis zum Prozesstermin als harmlosen Touristen getarnt auf der kleinen Nordseeinsel unterzubringen. Und damit kein unnötiges Aufsehen erregt wurde, stand ihm lediglich eine polizeiliche Personenschützerin zur Seite – getarnt als seine Freundin.

Pflüger hatte eine Sonnenbrille auf der Nase. Daher konnte man nicht sehen, wohin genau er seinen Blick richtete. Antje war jedenfalls sicher, dass er sie und Roland bemerkt hatte. Erstens waren die beiden in Uniform, und zweitens hatten Berufsverbrecher oftmals einen untrüglichen Spürsinn für Polizisten. Das war zumindest ihre Erfahrung, wenngleich sie es auf Juist selten mit hartgesottenen Gewohnheitskriminellen zu tun bekam.

»Begeisterung sieht anders aus«, meinte Roland, während er Pflüger beobachtete. »Keine Drogen, keine Prostituierten, kein Glücksspiel – unsere idyllische Insel muss für einen Frankfurter Gangster die Hölle sein.«

»Ich bin erst beruhigt, wenn der Kerl in einer Woche wieder abdampft.«

»Was soll denn schon passieren, Antje? Sieht einer der anderen Urlauber für dich wie ein Auftragskiller aus? Die Kollegen vom Bundeskriminalamt sind keine Dummköpfe, sie werden sich bei ihrem Plan etwas gedacht haben. Und ich schätze, dass strengste Geheimhaltung über Pflügers Aufenthalt herrscht.«

Die Kommissarin erwiderte nichts. Es reichte eine einzige undichte Stelle, damit Theo Sottek ein Killerkommando Richtung Juist in Marsch setzte. Doch Antje sagte sich, dass sie die Situation womöglich zu schwarz sah. Es war ein herrlicher Frühlingstag, das Hufklappern der Pferdefuhrwerke und das Kreischen der Möwen bildeten die typische Geräuschkulisse der Insel. Pflüger und seine Bewacherin fielen zwischen all den Urlaubern überhaupt nicht auf. Die beiden bewegten sich jetzt zu Fuß auf ihre Unterkunft zu. Antje hatte von Hauptkommissar Schröder erfahren, dass sich das gemietete Ferienhaus in der Warmbadstraße befand. Sie kannte das Gebäude natürlich, es lag nur wenige Hundert Meter von der Polizeistation in der Carl-Stegmann-Straße entfernt. Im Notfall würde man also schnell eingreifen können.

Roland schaute dem Paar hinterher und sagte: »Einen großen Vorteil hat die Geheimhaltung.«

»Welchen genau?«

»Unsere verehrte Bürgermeisterin dürfte keinen blassen Schimmer von dieser Aktion des Bundeskriminalamtes haben. Wenn sie wüsste, dass sich so ein Schwerverbrecher wie Pflüger auf Juist befindet, hätten wir keine ruhige Minute mehr.«

»Das stimmt leider«, gab Antje seufzend zurück. Silke Meester hatte stets das Wohl der kleinen Nordseeinsel im Sinn, neigte aber zum Übereifer. Dadurch ging sie den Kommissaren gelegentlich stark auf den Wecker.

Antje schwang sich wieder auf ihr Dienstfahrrad, Roland folgte ihrem Beispiel. Sie patrouillierten nun durch die Straßen des Inselzentrums, um Präsenz zu zeigen. Das war nichts Ungewöhnliches, sie taten es jeden Tag. Die Kommissarin hätte sich zu gern mit der Personenschützerin abgestimmt. Diese Kollegin war ortsfremd, die Erfahrung der gebürtigen Juisterin wäre bei Pflügers Schutz gewiss von Vorteil gewesen. Doch Schröders Anweisung war eindeutig: Die Inselpolizisten durften nur im absoluten Notfall eingreifen. Niemand sollte auf die Idee kommen, dass man ein Ferienhaus zum Zeugenschutz-Quartier umfunktioniert hatte.

Die Kommissare fuhren am Schiffchenteich vorbei Richtung Rathaus. Sie drehten eine Runde bis zum Historischen Kurhaus, schauten auf der Strandpromenade nach dem Rechten und bogen dann beim *Cafe del Mar* wieder Richtung Polizeiwache ein. Roland fuhr neben Antje. Er sagte: »Du bist heute selbst für eine Inselfriesin bemerkenswert einsilbig. Dieser Pflüger liegt dir im Magen, oder?«

Sie verzog den Mund, als ob sie in eine saure Zitrone gebissen hätte.

»Ist es so offensichtlich, dass mir die ganze Sache gegen den Strich geht? Ich verstehe, dass die Justiz Kronzeugen benötigt, um die Sottek-Organisation zu zerschlagen. Aber die Anwesenheit eines Schwerverbrechers auf mein… äh, auf Juist löst bei mir nicht gerade Begeisterung aus.«

Ihr Kollege grinste breit.

»Du kannst ruhig *meine Insel* sagen, schließlich bist du hier geboren und aufgewachsen. Und du hast lange genug allein für Recht und Ordnung gesorgt, bevor die Polizeiführung dir mich aufs Auge gedrückt hat.«

Nun musste auch Antje lächeln. Roland verstand es immer wieder, ihre trüben Stimmungen im Handumdrehen zu vertreiben. Sie erinnerte sich an ihren Widerwillen, als die zweite Planstelle für die Dienststelle Juist geschaffen wurde. Doch sie hatte sich schnell an die unbeschwerte Art ihres neuen Kollegen gewöhnt, und seit einiger Zeit war aus ihnen sogar ein Liebespaar geworden.

Sie beendeten ihre Fahrt zwischen den Dünen hindurch und widmeten sich wenig später im Wachlokal einigen Routine-Schreibarbeiten. Am Vortag hatten sie eine Diebstahls-anzeige aufgenommen. Später stellte sich heraus, dass der Melder einfach nicht zu seinem Leihrad zurückgefunden hatte. Antje fand es immer wieder erstaunlich, dass Touristen sich selbst auf einer kleinen Insel verirren konnten. Jedenfalls bekam er sein Rad zurück, ein Bericht musste allerdings trotzdem verfasst werden.

Roland vertiefte sich in Hinweise vom Landeskriminalamt, die mit der Dienstpost gekommen waren. Plötzlich blickte er auf.

»Antje, lass uns doch heute Abend auf ein Bier ins Lokal deines Vaters gehen. Bei der Gelegenheit können wir ja in der Warmbadstraße vorbeischauen, das liegt sowieso auf dem Weg.«

Sie runzelte die Stirn und erwiderte: »Du weißt doch genau, dass wir mit der Kollegin und dem Kronzeugen keinen Kontakt aufnehmen sollen.«

»Richtig, aber nach Feierabend sind wir in Zivil. Ich will ihnen ja nicht auf die Bude rücken, nur im Vorbeigehen einen flüchtigen Blick riskieren. – Du willst dich doch auch vergewissern, dass alles in Ordnung ist!«

»Du hast mich durchschaut«, gab die Kommissarin zu. »Also gut, hol mich um neunzehn Uhr ab.«

Antje lebte in der Dienstwohnung, die sich unmittelbar über dem Wachlokal befand. Roland war in der Pension von Tatje Olsen untergekommen. Daher hatte jeder von ihnen eine Rückzugsmöglichkeit, was ihrer Beziehung nur guttat Nach Feierabend vertauschte Antje ihre Uniform gegen Jeans, einen beigen Baumwollpullover und eine Windjacke. Sie trug gelegentlich auch gern mal ein Kleid, doch die Frühlingsabende auf der Nordseeinsel konnten noch sehr frisch sein. Roland erschien pünktlich. In seinem marineblauen Troyer und der schwarzen Leinenhose sah er sehr seemännisch aus, wie seine Kollegin/Freundin fand. Sie gab ihm einen Kuss.

»So, nun musst du auch den Arm um mich legen – damit niemand auf die Idee kommt, dass wir in dienstlicher Mission unterwegs sind«, sagte sie, während die beiden durch die Warmbadstraße Richtung Strand schlenderten.

»Auf Juist weiß doch sowieso jeder, dass wir erstens bei der Polizei und zweitens ein Paar sind«, gab Roland zu bedenken.

»Das weiß ich auch, Rollo. Für mich ist die Hauptsache, dass unsere ungeliebten Gäste uns nicht für Polizeibeamte halten.«

Sie hatte ihre Stimme gedämpft, denn die beiden bewegten sich nun am Minigolf-Gelände vorbei. Das vom Bundeskriminalamt angemietete Ferienhaus befand sich vor ihnen auf der rechten Seite. Roland runzelte die Stirn. Er mochte es nicht, wenn Antje ihn bei seinem Spitznamen nannte. Das tat sie nur, wenn sie sich über ihn geärgert hatte oder sie unter großer innerer Anspannung stand. Momentan versuchte sie sich so locker zu geben, dass sie beinahe verkrampft wirkte.

Das aus roten Backsteinen bestehende Friesenhaus verfügte über einen kleinen Garten mit Terrasse. Man hatte von dort aus einen schönen Blick Richtung Mittelstraße. Es gab moderne Outdoor-Sessel, in denen Pflüger und seine Personenschützerin es sich bequem gemacht hatten. Sie beachteten die beiden Kommissare gar nicht, schienen nur Augen füreinander zu haben. Zwischen ihnen stand ein Tischchen, auf dem sich eine fast leere Rotweinflasche befand. Sie hielten Gläser in den Händen und prosteten einander zu.

»Willst du dich nicht auch beim Bundeskriminalamt bewerben?«, scherzte Antje, als sie wenig später außer Hörweite waren. Sie fuhr fort: »Während eines dienstlichen Einsatzes Alkohol zu trinken – das würde dir garantiert auch gefallen, oder?«

»Jedenfalls finde ich es besser, als Rollo genannt zu werden. – Übrigens gibt es alkoholfreien Wein, Antje. Es ist nicht gesagt, dass die Kollegin gegen Vorschriften verstößt.«

Die Kommissarin rollte mit den Augen und entgegnete: »Sicher, man kann sich auch ein vegetarisches Steak in die Pfanne hauen. Ob diese Flasche echten Wein enthält oder nicht, werden wir wohl nie erfahren. Ich hoffe nur, dass die Kollegin sich nicht von Pflüger aufs Kreuz legen lässt. Ich meine, der Kerl hat es faustdick hinter den Ohren. Seine kriminelle Laufbahn spricht doch Bände.«

Roland zuckte mit den Schultern.

»Pflüger riskiert sein Leben, um gegen die Sotteks auszusagen. Ich bin auch kein Fan von ihm – aber er hat doch ganz offensichtlich dem Verbrecherdasein abgeschworen. Nach seiner Aussage vor dem Frankfurter Gericht kann er sich in seinem Milieu jedenfalls nicht mehr blicken lassen.«

»Vielleicht mache ich ja wirklich aus einer Mücke einen Elefanten«, gab Antje selbstkritisch zu. Roland zog sie enger an sich und fuhr mit seiner Nase durch ihr Haar.

»Du brauchst jetzt einfach etwas Ablenkung nach einem langen Arbeitstag, das ist alles«, behauptete er. Antje nahm sich fest vor, für den Rest des Abends nicht mehr an Pflüger zu denken. Wenig später betraten die beiden das Lokal von Tjark Fedder. Seit Antjes Vater nicht mehr zur See fuhr, hatte er sich als Gastwirt auf seiner Heimatinsel niedergelassen. Die *Juister Kajüte* war sein ganzer Stolz. Er hatte die Kneipe an der Strandpromenade liebevoll mit zahlreichen Souvenirs dekoriert, die er von seinen Reisen auf allen Weltmeeren mitgebracht hatte.

Der alte Seebär strahlte, als er seine Tochter und ihren Freund erblickte.

»Moin, ihr kommt mir wie gerufen! Ich hatte gerade überlegt, ob ich mich bei euch melden sollte«, sagte er. Antje warf reflexartig einen Blick in die Runde, aber sie sah nur harmlos wirkende Touristen. Das Lokal war ungefähr zu drei Vierteln gefüllt. Sie hakte nach: »Was war denn los, Papa?«

»Ach, eigentlich ist überhaupt nichts passiert. Vor einer halben Stunde war so ein Bursche hier an der Theke, der mir verdächtig vorkam. Er trank ein Bier, war höflich und still. Trotzdem gefiel er mir nicht. Der Kerl hatte so etwas Heimtückisches an sich. Er schien jemanden zu suchen.«

»Hat er nach einer bestimmten Person gefragt?«, wollte Roland wissen. Antjes Vater schüttelte den Kopf.

»Nee, und vielleicht mache ich ja auch nur unnötig die Pferde scheu. Mir ist aber eine Sache aufgefallen: Als der Mann zahlte und seine Geldbörse wieder einsteckte, kam es mir so vor, als ob er ein Pistolenholster am Gürtel hätte. Es wurde ansonsten von seiner Jacke verdeckt.«

Antje kniff die Augen zusammen.

»Ein Pistolenholster? Bist du sicher?«

»Eben nicht, Süße! Ich konnte das Ding nur einen winzigen Moment lang sehen. Es hätte ebenso gut auch die Lederscheide eines Seglermessers sein können. So gut sind meine Augen ja nicht mehr, und es ging wirklich sehr schnell.«

Die Kommissarin überlegte. Sie neigte nicht zur Hysterie, solche Gefühlslagen widersprachen dem ausgeglichenen Wesen der Inselfriesin. Doch ihr Vater war kein Wichtigtuer, sondern ein guter Beobachter. Wenn Tjark Fedder sagte, dass dieser Gast womöglich eine Schusswaffe bei sich hatte, stimmte es höchstwahrscheinlich.

»Kannst du die Person genauer beschreiben, Papa?«

Die Kommissarin hatte bereits ihren Notizblock herausgeholt, den sie auch in ihrer Freizeit bei sich trug. Der ruhige Feierabend war in diesem Moment vergessen. Der Gastwirt zapfte weiterhin Bier und sagte: »Der Mann ist ungefähr so groß wie Roland, also eins achtzig. Ich schätze ihn auf vierzig Jahre. Er ist blass, seine blauen Augen stehen weit auseinander. Sein dunkles Haar trägt er kurz geschnitten. Die Kleidung besteht aus einem Leder-Blouson, einer dunklen Jeans und einem grünen T-Shirt.«

»Spricht der Mann mit Dialekt?«, fragte der Kommissar.

»Nee, Roland. Viel gesagt hat er ja sowieso nicht. Und die paar Worte klangen für mich nach normalem Hochdeutsch.«

Antje dachte laut nach: »Viele Segler haben ein Messer bei sich. Aber ...«

Es war nicht nötig, dass sie den Satz beendete. Natürlich durfte sie auch ihrem Vater nichts von der Geheimaktion des Bundeskriminalamtes verraten. War es wirklich denkbar, dass die Sottek-Gruppe den Aufenthaltsort des Kronzeugen herausgefunden und bereits einen Killer losgejagt hatte? Oder ging ihre Fantasie mit ihr durch?

»Hast du gesehen, in welche Richtung der Gast verschwunden ist?«, wollte Roland wissen.

Antjes Vater schüttelte den Kopf. »Bedaure, da bin ich überfragt. Er hat mein Lokal verlassen. Ob er auf der Strandpromenade nach links oder rechts gegangen ist, kann ich von hier aus nicht sehen.«

Die Kommissarin glitt von dem Barhocker, auf dem sie zwischenzeitlich Platz genommen hatte.

»Ich möchte mich draußen gern etwas umschauen«, kündigte sie an.

»Ich begleite dich«, sagte ihr Kollege. Die beiden eilten hinaus. Inzwischen war es schon ziemlich dunkel. Zwischen den Dünenkämmen hatte man einen Panoramablick auf den breiten Strand und den Sonnenuntergang über der Nordsee. Einige Spaziergänger kamen vorbei, doch auf keinen von ihnen passte die Beschreibung des Verdächtigen. Antje erkannte, wie sinnlos ihr Vorhaben war. Wollte sie wie ein aufgescheuchtes Huhn kreuz und quer über die Insel laufen? Oder – wäre es sinnvoll, die Personenschützerin zu warnen? Doch Schröder hatte ihr am Telefon eingeschärft, nur im äußersten Notfall Kontakt mit der BKA-Kollegin aufzunehmen.

»Es gibt ziemlich viele Segler, die ein Messer am Gürtel tragen.«

Mit dieser nüchternen Feststellung brachte Roland sie wieder auf den Boden der Tatsachen zurück. Antje warf ihr Haar zurück und erwiderte: »Du hast recht, Papas Beobachtung ist etwas zu dürftig für eine offizielle Fahndung. Wir könnten uns höchstens auf dem Rückweg zur Dienststelle in der Umgebung des Ferienhauses genauer umschauen.«

Die Inselpolizisten betraten erneut die *Juister Kajüte*. Tjark Fedder tat alles, um eine lockere Plauderei in Gang zu bringen. Doch es war offensichtlich, dass sowohl seine Tochter als auch ihr Kollege mit ihren Gedanken ganz woanders waren. Der alte Seebär hakte nicht nach. Er ahnte vermutlich, dass die Unruhe der beiden berufliche Gründe hatte. Und dass Antje mit ihm nicht über polizeiliche Dinge sprechen durfte, war für ihren Vater selbstverständlich.

Der Aufenthalt in der gemütlichen Kneipe fiel kürzer aus als geplant.

»Es war schön, euch zu sehen«, sagte Tjark zum Abschied. »Bis bald!«

Der Weg durch die nächtlich stille Warmbadstraße verlief schweigend. Im Ferienhaus des Kronzeugen brannte noch Licht. Nichts deutete auf einen Attentäter hin, der in der Nähe auf die passende Gelegenheit lauerte.

Wahrscheinlich sehe ich schon Gespenster, dachte Antje grimmig. Vor der Dienststelle gab sie Roland einen Kuss.

»Sei nicht enttäuscht, aber ich bin heute Abend nicht in Stimmung.«

Er strich ihr mit zwei Fingern über die Wange.

»Mir ist auch nicht nach Romantik zumute, es war ein anstrengender Tag. Wir sehen uns dann morgen bei Dienstbeginn.«

Der Kommissar drehte sich um und ging in Richtung von Tatje Olsens Fremdenpension davon. Als Antje wenig später im Bett lag, konnte sie zunächst nicht einschlafen. Immer wieder ließ sie die Ereignisse des Tages Revue passieren. Sie wusste, was sie grundsätzlich störte: Die Inselpolizistin hatte keinerlei Erfahrung im Umgang mit kriminellen Kronzeugen. Sie konnte Pflüger nicht einschätzen, und genau dieser Umstand verursachte ihr Stress. Irgendwann wurde die Müdigkeit dann doch übermächtig. Ihre Augen fielen zu.

Drei Pistolenschüsse und das Klirren von Glas rissen Antje aus dem Schlaf.

Kapitel 2

Die Kommissarin sprang aus dem Bett, als ob man sie mit eiskaltem Wasser überschüttet hätte. Juist war ganzjährig eine stille Insel, den Partytrubel von Sylt oder Norderney suchte man hier vergeblich. Umso lauter erschienen daher die Schussgeräusche. Und Antje zweifelte nicht daran, dass sie aus Richtung Warmbadstraße gekommen waren!

Während sie in fliegender Eile in ihre Uniform schlüpfte, fiel ihr Blick auf die Digitalanzeige ihres Radioweckers. Es war zwei Uhr zehn morgens. Antje war erst kurz vor Mitternacht eingeschlummert. Ihr Smartphone klingelte, laut der Information auf dem Display rief Roland an. Natürlich, er musste die Schüsse ebenfalls gehört haben. Seine Unterkunft war nicht allzu weit entfernt.

»Antje, ist bei dir alles in Ordnung?«

»Klar, hoffentlich geht es Pflüger und der Kollegin gut. Wir treffen uns gleich in der Warmbadstraße, einverstanden?«

»Willst du nicht auf mich warten? Ich bin gleich bei dir.«

»So viel Zeit haben wir nicht, Gefahr im Verzug.«

»Dann zieh wenigstens die Weste über. Versprich es mir!«

»Ja, versprochen. – Bis gleich!«

Mit diesen Worten beendete Antje das Telefonat. Natürlich war Roland um sie besorgt, und sie neigte nicht zum Leichtsinn. Dennoch hätte sie ohne seine Ermahnung vermutlich die Wache ohne ihre Schutzweste verlassen. Juist war kein Ort, an dem Polizisten sich nur mit schusssicherer Ausrüstung auf die Straße trauen konnten.

Die Kommissarin legte nun jedenfalls ihre Weste an, nahm die Dienstpistole aus dem Waffenschrank und rannte zur Warmbadstraße hinüber. In vielen Wohnhäusern brannte Licht, was nicht überraschend war. Die Schüsse hatten vermutlich die meisten Insulaner und Feriengäste im Umkreis von einem Kilometer aus dem Schlaf gerissen. Auch das Ferienhaus des Kronzeugen war beleuchtet. Während sie sich näherte, sah Antje das kaputte Fenster. Ob es durch Schüsse zerborsten war, ließ sich noch nicht sagen. Sie durchquerte den schmalen Garten und schaute vorsichtig in den beleuchteten Raum hinein.

Die Personenschützerin lag blutüberströmt auf dem Bett im Schlafzimmer. In einer Ecke kauerte Pflüger. Er war nur mit einer Unterhose bekleidet und hielt eine Pistole in der Hand. Die Kommissarin richtete ihre Dienstwaffe auf ihn.

»Polizei!«, rief sie mit gellender Stimme. »Werfen Sie die Pistole weg und nehmen Sie die Hände hoch!«

Der Verbrecher schaute in ihre Richtung. Er wirkte geschockt. Oder war er nur ein guter Schauspieler? Antje führte sich vor Augen, dass Pflüger sie überhaupt nicht erkennen konnte. Sie befand sich im dunklen Garten, während er in dem hell beleuchteten Schlafzimmer wie auf dem Präsentierteller war. Jeder Attentäter hätte jetzt eine gute Chance gehabt, den lästigen Kronzeugen aus dem Weg zu räumen.

Schnelle Schritte waren zu hören. Antje drehte sich um und erkannte zu ihrer Erleichterung Roland. Auch er trug seine Schutzweste und war bewaffnet. Da er seine Pistole vorschriftsmäßig nach Dienstschluss auf der Wache einschloss, hatte er zunächst dorthin laufen müssen. So gesehen war er beachtlich schnell vor Ort.

»Pflüger hat eine Waffe!«, rief sie ihrem Kollegen zu.

»Ich war es nicht, der Dreckskerl muss noch irgendwo dort draußen sein!«, behauptete der Verdächtige.

So etwas nannte man in der Polizeiausbildung eine unklare Lage, dachte Antje. Roland kam zu ihr, verharrte kurz und lief dann weiter.

»Behalte Pflüger im Auge, die Terrassentür steht offen«, stieß er atemlos hervor. Sie begriff, was ihr Kollege vorhatte. Roland betrat das Ferienhaus. Der Verdächtige befolgte nun endlich Antjes Anweisung und ließ die Pistole los. Er hob die Hände auf Schulterhöhe, sodass Roland ihm problemlos Handschellen anlegen konnte. Eine Durchsuchung erübrigte sich, da der Mann fast nackt war.

Ob Pflüger die Wahrheit gesagt hatte?

Antje schaute sich um, konnte allerdings in der unmittelbaren Nähe keine verdächtigen Personen sehen. Auf den benachbarten Grundstücken versammelten sich einige mehr oder weniger bekleidete Einheimische und Touristen, die neugierig Richtung Ferienhaus linsten.

»Gehen Sie wieder ins Bett, es gibt hier nichts zu sehen!«, rief Antje. Sie machte sich keine Illusionen darüber, dass ihr Appell etwas nützen würde. Die menschliche Neugier war nicht auszurotten, vor allem in Zeiten von Internet und sozialen Medien. Die Kommissarin eilte nun ebenfalls in das Ferienhaus. Pflüger saß auf dem Boden, von ihm ging momentan keine Gefahr aus. Roland beugte sich über das Opfer und tastete nach der Halsschlagader. Doch Antje erkannte, dass es für die Kollegin keine Rettung mehr gab. Die Personenschützerin war von einer Kugel in die Brust getroffen worden. Ihre Kleidung bestand aus einem blutgetränkten Seidennachthemd und einem Slip.

Die Inselpolizistin runzelte die Stirn und schaute sich die Szenerie genauer an. Das Doppelbett war benutzt worden, offenbar hatten zwei Personen darin geschlafen. Waren die BKA-Polizistin und der Kronzeuge zusammen im Schlafzimmer gewesen? Momentan sprach alles für diese Annahme. Nach Antjes Meinung sprach das nicht für die Professionalität der Toten. Die Kollegin und der Ganove hatten schon am frühen Abend auf der Terrasse sehr vertraut gewirkt. Doch die Kommissarin wollte sich vom ersten Eindruck nicht täuschen lassen.

»Was ist geschehen, Pflüger?«, rief Roland. Er hielt seine Pistole immer noch schussbereit. Sein Blick wanderte zwischen dem Kriminellen und dem kaputten Fenster hin und her.

»Birte und ich haben friedlich geschlafen, als plötzlich ein Schuss krachte. Die Kugel traf Birte in die Brust, es war schrecklich. Ich dachte, dass ich der Nächste wäre. Also schnappte ich mir ihre Waffe und feuerte zurück. Ob ich jemanden getroffen habe, weiß ich nicht.«

Pflüger sprach schnell und aufgeregt. Man hätte glauben können, dass ihm der Tod dieser Frau an die Nieren ging. Doch er war ein vorbestrafter Ganove, dem Antje im Zweifelsfall erst einmal gar nichts glaubte. Sie hakte nach: »Wie oft haben Sie geschossen?«

»Zweimal. Ich wollte das Haus verlassen und die Verfolgung aufnehmen. Aber dann kamen Sie und sagten, dass ich die Waffe fallenlassen soll.«

»Woher wissen wir, dass es überhaupt Angreifer von außen gab?«, fragte Roland. »Sie hätten Ihre Personenschützerin auch selbst erschießen können.«

»Warum sollte ich das tun?«, gab Pflüger empört zurück. »Ich bin Kronzeuge, hat das BKA Sie nicht informiert? Glauben Sie, dass ich mir meine Zukunft verbaue, indem ich eine Polizistin töte? Außerdem haben Birte und ich uns super verstanden.«

»Davon bin ich überzeugt«, murmelte Antje. Sie fragte sich, ob die Geschichte des Verbrechers wasserdicht war. Gewiss, die Glasscherben lagen im Zimmer. Also musste jemand von außen ins Haus geschossen haben. Aber diese Person konnte auch Pflüger selbst gewesen sein. Hatte er den Anschlag nur inszeniert? Aber aus welchem Grund? Damit das Bundeskriminalamt die Bedrohung des

Kronzeugen ernst nahm? Aber das taten die Kollegen doch sowieso, andernfalls hätten sie Pflüger keine Personen-schützerin zur Seite gestellt.

»Wollen Sie nicht endlich diesen Mörder verfolgen?«, fragte der Ganove.

Roland erwiderte: »Ohne Personenbeschreibung ist das etwas schwierig. Haben Sie jemanden erkennen können?«

Pflüger schüttelte den Kopf.

»Ich halte Ihre Story nicht für glaubwürdig«, sagte Antje. »Jemand schießt durch das geschlossene Fenster und tötet Ihre Personenschützerin mit einer einzigen Kugel, und das in finsterster Nacht? Und Sie haben keinen Kratzer abbekommen?«

»Aber so war es! Übrigens hat das Licht gebrannt. Wir müssen es versehentlich angelassen haben, als wir eingeschlafen sind. Birte und ich waren nicht mehr ganz nüchtern.«

Das konnte stimmen, denn Antje erinnerte sich an das traute Beisammensein auf der Ferienhaus-Terrasse. Womöglich war es nicht bei der einen Flasche Wein geblieben. Es war auf jeden Fall möglich, dass immer noch ein Mörder durch die Finsternis schlich. Und daher gab es für sie und Roland nur eine Konsequenz: Sie mussten nun Pflügers Schutz übernehmen.

Die Kommissarin ging zum Fenster und schloss die hölzernen Läden. Mehr konnte man mitten in der Nacht nicht tun. Während ihr Kollege den Verdächtigen im Auge behielt, schaute Antje sich schnell in den übrigen Räumen des Ferienhauses um. Nichts deutete auf die Anwesenheit einer weiteren Person hin, auch Einbruchspuren waren nicht zu erkennen. Sie kehrte ins Schlafzimmer zurück und sagte: »Ziehen Sie sich etwas an, Pflüger. Wir nehmen Sie mit zur Polizeistation. Dort sind Sie vor weiteren Anschlägen sicher.«

Roland nahm dem Verbrecher die Handschellen ab. Unter den wachsamen Blicken des Kommissars legte Pflüger die Kleidung an, die er schon bei seinem Eintreffen auf Juist getragen hatte. Antje schaute sich inzwischen im Schlafzimmer genauer um. Sie entdeckte im Kleiderschrank sowohl Frauen- als auch Männer-Textilien. Es war eindeutig, dass Pflüger und seine Personenschützerin von vornherein hier als Paar eingezogen waren. Die Kommissarin kannte das Ferienhaus. Es verfügte über zwei Schlafräume und genügend Platz, um nicht auf engstem Raum zusammenwohnen zu müssen. Doch die Frau, die Pflüger Birte genannt hatte, und der Verbrecher hatten die Nähe zueinander offenbar gesucht. Oder gab es einen Zusammenhang, den Antje noch nicht erkannte?

Als Pflüger komplett bekleidet war, legte Roland ihm wieder Handschellen an.

»Ist das denn unbedingt nötig?«, fragte der Kriminelle. »Ich habe Birte wirklich nicht getötet.«

»Das wird sich zeigen«, gab der Kommissar zurück. »Wir können jedenfalls kein Risiko eingehen.«

»Hoffentlich wissen Sie, was Sie tun. Diese Sache ist ein paar Nummern zu groß für Inselbullen wie Sie. Die Sotteks können irgendwo im Hinterhalt lauern und mich wie auf dem Schießstand abknallen.«

Antje konnte es nicht ausstehen, wenn man sie und Roland nicht für voll nahm. Trotzdem enthielt Pflügers Klage einen wahren Kern: Falls er wirklich nicht der Schütze war, würde der Mörder sich womöglich nicht mit einem Opfer zufriedengeben. Außerdem – der Tod einer Zivilpolizistin wäre für die Sottek-Gruppe sinnlos. Sie mussten den Kronzeugen für immer zum Schweigen bringen, um ihre dunklen Machenschaften weiterhin vertuschen zu können.

»Wir dürfen kein Risiko eingehen, wenn wir den Verdächtigen zur Dienststelle bringen«, raunte die Inselpolizistin ihrem Partner zu. Roland nickte. Die beiden nahmen Pflüger in die Mitte, als sie wenig später das Ferienhaus verließen. Zum Glück waren es zu Fuß nur wenige Minuten bis zu der kleinen Polizeiwache. Doch ein Attentäter konnte trotzdem einen tödlichen Schuss platzieren. Nun erwies es sich als Vorteil, dass in allen Gärten verängstigte und aufgescheuchte Nachbarn standen und die Polizisten mit Fragen bestürmten. Alle Häuser im Umkreis von einem halben Kilometer waren hell beleuchtet. Es gab zu viele Zeugen und zu wenige finstere Ecken, in denen sich der Killer verbergen konnte. Falls er wirklich noch in der Nähe war, würde er auf eine neue Chance setzen müssen.

Antje fiel innerlich ein Stein vom Herzen, als sie wenig später die Tür zum Wachlokal öffnete. An Schlaf war momentan nicht zu denken. Außerdem wollte sie ein paar grundsätzliche Dinge klären, bevor sie Pflüger in die Arrestzelle sperrte. Zunächst nannte sie ihren und Rolands Namen. Dann sagte sie: »Ich möchte wissen, warum Sie mit Ihrer Personenschützerin so vertraut waren. Das scheint mir nicht üblich zu sein.«

»Das ist es auch nicht, Frau Fedder. Birte hat mir gestanden, dass sie sich noch niemals zuvor in einen Kerl verknallt hat, auf den sie aufpassen sollte. Es war Schröders Idee, dass wir uns als Liebespaar tarnen. Der Oberbulle hätte sich wohl nie träumen lassen, dass aus dem Schwindel Wirklichkeit wird. Ich übrigens auch nicht.«

Antje warf Pflüger einen skeptischen Blick zu. Für sie war nicht nachvollziehbar, dass eine Polizistin sich mit einem mehrfach vorbestraften Kriminellen einließ. Allerdings wusste sie nicht, was für ein Mensch die Personenschützerin gewesen war. Womöglich hatte sie die Gefahr geliebt und das Risiko für sich selbst überschätzt. Oder – war sie unfreiwillig zur Gespielin des Kronzeugen geworden? Diese

Möglichkeit kam der Kommissarin unwahrscheinlich vor. Eine durchtrainierte Spezialpolizistin würde sich gewiss ihrer Haut gewehrt haben, und Pflügers Körper wies keinerlei Blessuren auf. Es war noch nicht lange her, seit Antje diesen Mann in der Unterhose gesehen hatte. Und auch im Schlafgemach hatte die Inselpolizistin keine Hinweise auf Kampfhandlungen feststellen können. Falls der Kollegin wirklich Gewalt angetan worden war, würde die Obduktion darüber Aufschluss geben. Antje dachte voller Widerwillen an die bevorstehenden Aufgaben. Sie würde am nächsten Morgen zunächst das Bundeskriminalamt verständigen müssen. Ob die dortigen Ermittler den Tod der Personenschützerin untersuchen würden? Nach Meinung der Kommissarin fiel der Mord in den Zuständigkeitsbereich der Inselwache. Doch Antje machte sich keine Illusionen darüber, dass sie und Roland von den BKA-Kollegen als äußerst kleine Lichter angesehen wurden.

Sie schob diesen Gedanken beiseite. Bevor Antje den Verdächtigen in die Arrestzelle sperrte, hatte sie noch eine letzte Frage an ihn: »Können Sie mir Namen nennen? Sie kennen die Sottek-Gruppe von innen. Fällt Ihnen eine Person ein, die man auf Sie ansetzen würde?«

»Mit Sicherheit niemanden, den ich kenne, Frau Fedder. Das wäre für die Sotteks viel zu riskant. Sie würden vermutlich jemanden von außerhalb anheuern, der sich nicht mit ihnen in Verbindung bringen lässt.«

Die Kommissarin musste sich eingestehen, dass die Welt des organisierten Verbrechens ihr fremd war. Ein solches Milieu gab es auf Juist nicht. Doch sie war lernfähig und würde sich bei der Aufklärung des Mordes nicht bremsen lassen. Nachdem Pflüger in der Zelle verschwunden war, setzten sich die Inselpolizisten im Wachlokal zusammen.

»Wir hätten dieses Verbrechen nicht verhindern können«, stellte Roland klar.

Antje entgegnete: »Warum betonst du das so?«

»Weil ich glaube, dass du dir wegen des Todes der Kollegin Vorwürfe machst. Das hier war von vornherein nicht unsere Operation. Das Bundeskriminalamt hat uns klare Anweisungen gegeben, wir mussten nach deren Pfeife tanzen.«

»Ja, und darin bestand der Fehler, Roland! Wir sind auf Juist für Sicherheit und Ordnung zuständig. Diese Spezialisten haben am grünen Tisch entschieden, dass sich ein Kronzeuge problemlos auf einer kleinen Insel vor der ostfriesischen Küste verstecken lässt. Wenn wir Pflüger von vornherein in unserer Arrestzelle untergebracht hätten, würde die Personenschützerin wahrscheinlich noch leben!«

»Also denkst du, dass Pflüger sie mit ihrer eigenen Pistole getötet hat?«

Die Kommissarin stützte ihren Kopf auf ihre Hände und erwiderte: »Ja – nein! Die Faktenlage ist so widersprüchlich, findest du nicht? Pflüger ist ein hartgesottener Krimineller. Trotzdem kommt es mir so vor, als ob der Tod dieser Frau ihn berührt hätte. Und überhaupt – welchen Vorteil hätte er von dem Mord gehabt? Er steht auf der Sottek-Todesliste. Selbst wenn er uns entkommen wäre, ist er durch seine ehemaligen Verbrecherfreunde immer noch zum Abschuss freigegeben.«

»Nur, falls Pflüger vor Gericht aussagt – was er aber noch nicht getan hat«, schränkte der Kommissar ein. »Vielleicht hat der Kerl seine Meinung geändert, wer weiß? Schröder hat gewiss mehr Informationen über diesen zwielichtigen Kronzeugen.«

»Das hoffe ich stark«, gab Antje zurück. Ihr graute vor dem Anruf beim Bundeskriminalamt, den sie so bald wie möglich tätigen musste. Objektiv gesehen mussten sie und

Roland sich keine Vorwürfe wegen der zurückliegenden Ereignisse machen. Sie fühlte sich trotzdem miserabel. Nach Meinung der Kommissarin war es nämlich viel besser, eine Straftat zu verhindern als sie aufzuklären. Das hatte in diesem Fall leider nicht funktioniert.

»Du siehst so aus, als ob du einen starken Tee vertragen könntest«, meinte Roland, während er sie prüfend betrachtete. »An Schlaf ist jetzt wohl nicht mehr zu denken, oder?«

»Ja, es gibt mehr als genug zu tun«, erwiderte Antje. »Ich schlage vor, dass du in dein Pensionszimmer zurückkehrst, um dich zu rasieren und zu duschen. Wenn die BKA-Kollegen hier aufkreuzen, sollten wir ihnen keinen unnötigen Anlass zum Tadel geben. Um den Tee kümmere ich mich.«

Der Kommissar blickte an sich herab. Er trug zwar seine Uniform, wirkte aber ziemlich verknautscht. Das war allerdings kein Wunder, denn genau wie Antje war er durch die Schüsse aus dem Schlaf gerissen worden.

»Gut, so machen wir es. Ich bin so schnell wie möglich wieder bei dir.«

Mit diesen Worten verließ Roland die Polizeiwache. Antje lag die Bemerkung auf der Zunge, dass sie sehr gut auf sich selbst aufpassen könne und dass Pflüger außerdem hinter Schloss und Riegel war. Doch ihr Freund meinte es nur gut, er war natürlich um ihre Sicherheit besorgt. Und wenn der Kronzeuge nicht gelogen hatte, schlich in diesem Moment ein eiskalter Mörder durch die stillen Juister Straßen.

Kapitel 3

Antjes Herz schlug schneller, als sie wenige Stunden später beim Bundeskriminalamt anrief. In der Zwischenzeit hatte sich nichts Neues ereignet. Es widerstrebte der Kommissarin, die Leiche im Ferienhaus liegen zu lassen. Doch sie war sicher, dass die BKA-Kollegen mit einem eigenen Kriminaltechnikteam den Tatort untersuchen und die Tote zur Obduktion abtransportieren würden. Sie wollte sich nicht dem Vorwurf aussetzen, stümperhaft gehandelt zu haben. Antje vermutete, dass Schröder und seine Leute keine allzu große Meinung von den Fähigkeiten der Inselpolizisten hatten.

»Schröder.«

Der Hauptkommissar meldete sich nach dem dritten Freizeichen. Seine Stimme hörte sich tief und wohltönend an.

»Moin, hier spricht Kommissarin Fedder von der Dienststelle Juist.«

Mit diesen Worten begann sie eine kurze telefonische Zusammenfassung der nächtlichen Geschehnisse. Dabei achtete sie darauf, kein Detail wegzulassen. Nachdem sie alles gesagt hatte, herrschte für einen Moment Stille in der Leitung. Antje wusste nicht, was sie von dem BKA-Kollegen zu erwarten hatte. Würde er sie anschreien, die Nerven verlieren? Vermutlich kannte er die Personen-schützerin. Es ließ ihn garantiert nicht kalt, dass sie ermordet worden war. Doch als Schröder wieder das Wort ergriff, hörte er sich genauso beherrscht wie zuvor an.

»Pflüger ist eine zwielichtige Gestalt. Sie haben richtig gehandelt, indem Sie ihn verhaftet haben. Also ist er momentan Ihr Hauptverdächtiger?«

»Ja, allerdings. Er behauptet, dass ein nicht näher beschriebener Attentäter von außen ins Schlafzimmer gefeuert hätte, aber das kommt mir unwahrscheinlich vor.«

»Falls Pflüger Kommissarin Birte Lohmann erschossen hat, wird er das mit ihrer eigenen Waffe getan haben«, vermutete Schröder. »Jedenfalls sehe ich nicht, woher er sich eine andere Pistole hätte beschaffen können. Falls er aber die Wahrheit sagt, kann das tödliche Projektil nicht aus der Dienstwaffe der Personenschützerin stammen.«

»Das leuchtet mir ein, Herr Schröder. Wie gehen wir weiter vor?«

»Ich werde heute im Lauf des Tages zusammen mit einem Team von Kriminaltechnikern sowie einem Gerichtsmediziner per Inselflieger auf Juist eintreffen. Es wäre gut, wenn Sie uns dann direkt zum Tatort führen könnten.«

»Selbstverständlich«, gab Antje zurück. Sie teilte dem Hauptkommissar ihre Mobilfunknummer mit, damit er ihr kurzfristig eine Textnachricht schicken konnte. Er gab ihr ebenfalls den Anschluss seines Smartphones durch.

Roland befand sich längst wieder auf der Dienststelle. Nachdem die Kommissarin das Telefonat beendet hatte, sagte er: »Pflüger läuft uns nicht weg. Was hältst du davon, wenn wir nach diesem Verdächtigen fahnden, den dein Vater gesehen hat? Es dauert noch, bis die erste Fähre eintrifft, und per Flugzeug wird heute Morgen auch niemand die Insel verlassen.«

Antje nickte.

»Ich werde jedenfalls nicht Däumchen drehen, bis das Bundeskriminalamt eintrifft. Wir können ...«

Sie wurde von der Türklingel unterbrochen. Ob es Neuigkeiten zu dem Fall gab? Die Kommissarin sprang auf und öffnete. Im selben Moment erkannte sie ihren eigenen Leichtsinn. Antje trug ihre Schutzweste nicht. Ein Killer hätte eiskalt sowohl sie als auch ihren Kollegen töten können, um dann in aller Ruhe den wehrlosen Pflüger in seiner Zelle zu erledigen.

Doch zum Glück stand kein gedungener Mörder, sondern die Bürgermeisterin draußen. Juist war normalerweise keine Insel, auf der Polizisten ständig in Lebensgefahr schwebten. Insofern hatte Antje die Tür aufgemacht, wie sie es normalerweise immer tat. Doch im idyllischen »Töwerland« würde erst wieder Frieden einkehren, wenn der Kronzeuge Juist verlassen hatte. Darüber machte die Kommissarin sich keine Illusionen.

Silke Meester warf ihr einen anklagenden Blick zu und stürmte an Antje vorbei ins Wachlokal. Trotz der frühen Stunde wirkte die Amtsträgerin wieder wie aus dem Ei gepellt. Sie trug einen marineblauen zweireihigen Blazer, einen knielangen grauen Rock und ein rotes Halstuch sowie eine weiße Bluse. Die Bürgermeisterin legte viel Wert darauf, ihr blondes Haar trotz des ständigen Seewindes perfekt zu frisieren. Außerdem war es ihr wichtig, ihre sehr schlanke Figur beizubehalten. Doch nach Ansicht der Kommissarin konnte Silke Meester sowieso kein Fett ansetzen, wenn sie ständig wie ein aufgescheuchtes Huhn quer über die Insel lief und fuhr.

»Wann genau wollten Sie mir mitteilen, dass sich in der Warmbadstraße ein grauenvoller Mord ereignet hat?«, fragte die Bürgermeisterin schnippisch. Antje unterdrückte ein Seufzen. Sie musste sich nicht fragen, woher die Amtsträgerin diese Information hatte. Zwar wohnte Silke Meester zu weit entfernt vom Tatort, um die Schüsse selbst gehört zu haben – doch es gab genügend Nachbarn, die von den Geräuschen aus dem Schlaf geschreckt worden waren und die offenbar gleich am frühen Morgen den Kontakt zu der Amtsträgerin gesucht hatten.

»Moin, Frau Meester! Sie sehen heute besonders adrett aus«, sagte Roland, wobei er ein strahlendes Lächeln aufsetzte. Normalerweise gelang es dem Kommissar, der Bürgermeisterin durch ein Kompliment den Wind aus den Segeln zu nehmen. Doch momentan schien sie zu besorgt um die Insel, um sich bremsen zu lassen.

»Was ist überhaupt geschehen?«, fragte die Amtsträgerin.

»Wie ich höre, konnten Sie den Mörder bereits festnehmen. Ich hoffe, dass er umgehend aufs Festland gebracht wird.«

»Wir haben die Ermittlungen gerade erst aufgenommen«, stellte Antje klar und fuhr fort: »Es steht noch nicht fest, ob der Verdächtige den Mord überhaupt begangen hat.«

Silke Meester ließ nicht locker: »Und warum halten Sie den Mann fest?«

Antje hatte nicht vor, sich ausfragen zu lassen.

»Ich muss Sie bitten, uns nicht von der Arbeit abzuhalten«, sagte sie mit erzwungener Ruhe. »Wir haben die Lage unter Kontrolle.«

»Das kommt mir ganz und gar nicht so vor, aber Sie müssen ja wissen, was Sie tun!«

Mit diesen Worten rauschte die Bürgermeisterin hinaus und schwang sich auf ihr Fahrrad, das sie vor der Wache geparkt hatte. Wie die meisten Juister bewegte sie sich per Zweirad über die Insel.

»Die Dame ist wohl heute mit dem falschen Fuß aufgestanden«, kommentierte Roland.

Die Kommissarin erwiderte: »Es ist ja schön, dass Frau Meester Unheil vom ›Töwerland‹ fernhalten will. Aber manchmal geht sie mir einfach nur gewaltig auf den Wecker.«

»Da bin ich ganz deiner Meinung. – Was hältst du davon, wenn wir uns bei der Touristinformation nach allein-reisenden Herren erkundigen? Es kommt mir unwahrscheinlich vor, dass dieser Kerl aus der *Juister Kajüte* mit Kind und Kegel hier eingetroffen ist. Tjark hat uns eine ziemlich gute Beschreibung geliefert. Wenn wir uns die männlichen Single-Urlauber systematisch vornehmen, müssten wir früher oder später den Verdächtigen finden.«

»Am besten so schnell wie möglich«, gab die Inselpolizistin zurück. »Falls er es wirklich auf Pflüger abgesehen hat, ist nämlich seine Mission noch nicht erfüllt.«

Ihr Kollege schüttelte den Kopf.

»Ich bin nicht überzeugt davon, dass unser Kronzeuge das Ziel war. Angenommen, der Attentäter hat wirklich durch das geschlossene Fenster ins beleuchtete Schlafzimmer gefeuert. Es ist wohl kaum möglich, den Ganoven mit seiner Personenschützerin zu verwechseln. Ein Profikiller hätte *beide* erledigt und sich dann seelenruhig aus dem Staub gemacht.«

Mit dieser Vermutung lag Roland vermutlich richtig. Der Kommissarin wurde bewusst, dass sie noch viel zu wenig über die Hintergründe dieses Verbrechens wussten. Bevor sie sich zusammen mit ihrem Kollegen auf den Weg zur Touristinformation machte, bereitete Antje für Pflüger ein paar belegte Brote zu und brachte ihm die Stullen sowie einen Tee in die Arrestzelle. Der Verdächtige saß kerzengerade auf seiner Pritsche. Es ließ sich nicht einschätzen, ob er geschlafen hatte. Beim Anblick des Teebechers rümpfte er die Nase.

»Haben Sie keinen Kaffee?«

»Wir sind hier in Ostfriesland«, gab die Kommissarin trocken zurück. »Hauptkommissar Schröder wird heute eintreffen, um uns bei den Ermittlungen zu unterstützen. Ist Ihnen noch etwas eingefallen, das uns weiterhelfen könnte?«

Die Nachricht vom baldigen Erscheinen des BKA-Beamten schien Pflüger gar nicht zu gefallen. Oder bezog sich seine Abneigung nur auf das ostfriesische National-getränk? Er nippte an dem Teebecher und sagte: »Die

Sotteks sind echte Killer. Glauben Sie ernsthaft, dass Sie mich in Ihrer kleinen Inselwache schützen können? Lassen Sie mich doch einfach laufen. Ich bin ein Profi, ich kann mich praktisch unsichtbar machen. Zum Prozessbeginn kehre ich dann wieder nach Frankfurt zurück und sage gegen diese Dreckskerle aus.«

»Noch wissen wir nicht, ob Sie die Kollegin getötet haben«, stellte Antje klar. »Und wenn Sie glauben, dass ich Sie gehen lasse, dann täuschen Sie sich gewaltig.«

Kopfschüttelnd schloss sie die Zellentür von außen. Offenbar konnte man ihre Verwirrung an ihrem Gesichtsausdruck ablesen. Jedenfalls fragte Roland: »Hat unser Logiergast dich durcheinandergebracht?«

Sie berichtete von Pflügers Forderung und fügte hinzu: »Dieser Ganove muss mich wirklich für ein naives Landei halten. Und es schien ihm gar nicht recht zu sein, dass Schröder heute nach Juist kommen will.«

»Dann können wir ja auf die Begegnung zwischen den beiden gespannt sein. – Fahren wir jetzt zur Touristinformation?«

Antje nickte.

»Auf jeden Fall. Aber wir sollten zunächst einen Abstecher zum Yachthafen machen. Falls es sich nämlich bei dem Verdächtigen wirklich nur um einen harmlosen Segler handelt, dann werden wir ihn am ehesten dort treffen.«

»Mist, daran hatte ich nicht gedacht.«

»Man merkt eben manchmal doch, dass du ein Süßwassermatrose bist«, erwiderte sie lächelnd und kniff Roland spielerisch in die Wange. Eigentlich hatten sie vereinbart, einander während der Dienstzeit körperlich nicht näherzukommen. Doch nach den Ereignissen der zurückliegenden Nacht musste Antje einfach einen Scherz machen, um die Stimmung etwas zu heben. Ihr Kollege ging bereitwillig darauf ein: »Ja, ich bin hier gestrandet und den Gesängen einer blonden Meerjungfrau erlegen.«

»Spinner! Du wirst nicht erleben, dass ich ein Lied anstimme.«

Die Kommissare machten sich zunächst auf den Weg zum Hafen. Juist war bereits zum Leben erwacht, viele Urlauber begannen den Tag mit einer Joggingrunde am Strand oder einem ausgiebigen Spaziergang durch die Dünenlandschaft. Da ein großer Teil der Insel Naturschutzgebiet war, durften die offiziellen Wanderwege nicht verlassen werden. Wer sich an die Regeln hielt, wurde mit dem Anblick von zahlreichen Vögeln und anderen Tieren in ihrer natürlichen Umgebung belohnt. Antje und Roland gingen direkt zum Hafenmeister. Er hatte den Überblick, was die auf Juist anlegenden Segel- und Motoryachten betraf.

»Moin, was kann ich für euch tun?«, fragte er und ließ die Seilrolle sinken, die er soeben aufgerollt hatte. Die Kommissarin beschrieb die Person, von der ihr Vater berichtet hatte. Der Hafenmeister schüttelte den Kopf.

»Nee, so jemanden hab ich hier nicht gesehen. Die Bootseigner mit einem festen Liegeplatz kenne ich sowieso alle seit Jahren, und die aktuellen Gastsegler sehen auch alle ganz anders aus.«

Die Kommissare bedankten sich und fuhren nun zum Rathaus, in dem sich auch die Touristinformation befand. Roland dachte laut nach: »Es wäre auch möglich, dass der Kerl ein Seglermesser bei sich hatte und nicht mit einem eigenen Boot angereist ist. Das kommt mir allerdings sehr unwahrscheinlich vor.«

»Sehe ich genauso.«

Antjes Erwiderung fiel knapp aus, die Inselfriesin war ohnehin keine Plaudertasche. Während sie durch die Bahnhofstraße fuhren, dachte sie über die tote Personenschützerin nach. Würde sich eine Polizistin wirklich zu einer

34

Affäre mit einem Schwerkriminellen hinreißen lassen – selbst wenn dieser seinem Verbrecherleben abgeschworen hatte? Über Geschmack ließ sich bekanntlich streiten, und Antje selbst hätte Pflüger noch nicht einmal mit einer Kneifzange angefasst. Ihr ging das Bild nicht aus dem Kopf, als sie den Kronzeugen und seine Bewacherin so vertraut wie ein Liebespaar auf der Terrasse sitzen gesehen hatte. Und wenige Stunden später ereignete sich ein eiskalter Mord, praktisch eine Hinrichtung. Da passte etwas ganz gewaltig nicht zusammen, wie die Kommissarin fand.

»Hoffentlich läuft uns Frau Meester nicht über den Weg«, murmelte Roland, als sie wenig später ihre Fahrräder vor dem Backsteingebäude des Rathauses parkten. Er fügte hinzu: »Mehr als einmal am Tag kann ich die Bürgermeisterin schwer ertragen.«

Antje grinste nur und betrat das Rathaus. Jeder Juist-Urlauber musste einen Gästebeitrag zahlen und bekam dafür die sogenannte Töwercard, mit der beispielsweise das Meerwasser-Erlebnisbad kostenlos genutzt werden konnte. Die Kommissare erhielten eine Liste der allein angereisten männlichen Touristen und bedankten sich bei den Mitarbeiterinnen.

»Ich hätte nicht gedacht, dass schon vor der Hochsaison so viele Besucher auf der Insel sind«, stöhnte Roland, als sie das Rathaus wieder verließen. Er fügte hinzu: »Das sind doch verflixt viele Namen.«

»Ja, aber viele Personen werden wir in nur wenigen Hotels finden«, meinte Antje. »Wer allein unterwegs ist, wird wohl eher kein Ferienhaus und keine Ferienwohnung mieten.«

»Da hast du auch wieder recht.«

»Natürlich, Juist ist schließlich meine Heimat«, erwiderte die Kommissarin augenzwinkernd. Während der nächsten Stunden suchten die Ermittler im *Hotel Atlantik*, im *Strandhotel Kurhaus Juist*, im *Hotel Friesenhof* sowie einigen anderen Beherbergungsbetrieben etliche Urlauber auf. Manche trafen sie nicht an, doch das Rezeptionspersonal konnte die Herren meist gut beschreiben. Keiner von ihnen hatte auch nur eine entfernte Ähnlichkeit mit dem Verdächtigen aus der *Juister Kajüte*.

Antjes Stimmung näherte sich dem Tiefpunkt, als sie auf ihrem Smartphone eine Textnachricht erhielt.

»Schröder hat geschrieben. Er wird gegen sechzehn Uhr auf dem Flugplatz eintreffen.«

Roland schaute auf die Uhr und erwiderte: »Gut, dann sollten wir eine Fahrgelegenheit organisieren. Du wirst den Kollegen wohl kaum auf deinem Gepäckträger mitnehmen wollen.«

»Nee, und außerdem kommt er ja nicht allein.«

Die Kommissare sprachen einen der Kutscher an, die auf Juist für den Transport von Lasten sowie von größeren Personengruppen zuständig sind. Wenig später zogen die beiden Gespannpferde den Wagen bereits auf der Dünenstraße Richtung Flugplatz. Antje spürte, dass ihre Anspannung stieg. Dieser Fall unterschied sich grundsätzlich von ihrer üblichen Polizeiarbeit. Normalerweise blieb es Roland und ihr selbst überlassen, ein Verbrechen aufzuklären. Sie war es gewohnt, eigenverantwortlich handeln zu dürfen. Noch nicht einmal die Bürgermeisterin hatte das Recht, sich in die Ermittlungen einzumischen. Diese Tatsache bedauerte Silke Meester vermutlich zutiefst.

Mit der Pferdekutsche dauerte die Fahrt zum Flugplatz natürlich länger als mit einem Zweirad. Doch die Inselpolizisten trafen trotzdem pünktlich ein. Sie mussten sogar noch ein paar Minuten warten, bis sie die Propellermaschine aus Richtung Festland erblickten. Nachdem das Flugzeug auf der Piste ausgerollt war, wurde die Tür aufgestoßen. Ein durchtrainiert wirkender Mann in seinen Fünfzigern stieg als Erster aus und eilte auf die

Kommissare zu. Nach Antjes Meinung wirkte er in seinem grauen Geschäftsanzug auf der Ferieninsel deplatziert. Aber er war gewiss nicht hergekommen, um Urlaub zu machen.

»Moin! Sie sind Hauptkommissar Schröder?«, fragte die Inselpolizistin und streckte ihm ihre Rechte entgegen.

»Ja, der bin ich.«

Sie erkannte seine Stimme sofort wieder. Es war unnötig, dass die Kommissare sich vorstellten. Sie trugen Uniform, und die Namensschilder FEDDER und WITTE konnte man nicht übersehen. Schröder machte sie nun mit den Kriminaltechnikern und dem Gerichtsmediziner bekannt, die ebenfalls ausgestiegen waren.

»Sie wollen vermutlich gleich zum Tatort fahren«, sagte Antje und fügte hinzu: »Wir haben dort nichts veränder.«

Kaum hatte sie diesen Satz von sich gegeben, als sie sich bereits über ihre eigene Unsicherheit ärgerte. *Selbstverständlich haben wir dort nichts angerührt, wir sind ja keine Polizeischüler im ersten Ausbildungsmonat*, dachte sie. Schröder nickte einfach nur.

»Das ist jetzt nicht Ihr Ernst, oder?«, stieß ein Kriminaltechniker hervor, als die Gruppe den Flugplatz verließ und auf die Kutsche zusteuerte.

Die Kommissarin drehte sich zu ihm um und sagte: »Juist ist eine autofreie Insel. Sie können auch gern zu Fuß zum Tatort gehen, wenn Ihnen das lieber ist.«

Schröder lachte, während dem Spezialisten für Spurensicherung seine vorlaute Bemerkung sichtbar peinlich war.

»Hier auf Juist gehen die Uhren anders, Hilbich. Daran sollten Sie sich gewöhnen.«

Mit diesen Worten stieg der Hauptkommissar in die Kutsche und nahm auf einer der Bänke Platz. Antje setzte sich ihm gegenüber und fragte: »Sie kennen unsere Insel?«

»Ich habe vor Jahren hier einen wunderbaren Urlaub verbracht, Frau Fedder. Daher kam mir die Idee, dass ein so abgelegenes Eiland sich gut als Versteck für einen Kronzeugen eignen würde. Leider sieht es ganz danach aus, als ob die Sotteks Wind von der Sache bekommen haben.«

»Noch kennen wir die genauen Tatumstände nicht, das habe ich Ihnen ja schon am Telefon mitgeteilt«, gab die Kommissarin zurück. Nachdem auch die übrigen Mitglieder der Gruppe eingestiegen waren, schnalzte der Kutscher mit der Zunge. Die Gespannpferde zockelten los.

»Glauben Sie, dass Pflüger es mit seiner Aussage ernst meint?«, wollte Antje von Schröder wissen.

»Er hat uns wertvolle Informationen geliefert. Wenn er seine Angaben vor Gericht wiederholt, wird die Frankfurter Unterwelt einen schweren Schlag erleiden. – Warum stellen Sie mir diese Frage?«

»Ich glaube, dass dieser Kronzeuge nicht mit offenen Karten spielt«, antwortete die Inselpolizistin.

Ein Kriminaltechniker schnaubte ironisch und sagte: »Wie kommen Sie darauf? Haben Sie auf dieser gottverlassenen Sandbank überhaupt schon mal einen Kriminellen verhaftet?«

Schröder fuhr ihm sofort über den Mund: »Vergreifen Sie sich gefälligst nicht im Ton! Wir sind hier zu Gast, und so sollten wir uns auch benehmen. – Frau Fedder, ich muss mich für diesen Grünschnabel entschuldigen.«

»Schon gut«, gab Antje trocken zurück. »Wir Inselfriesen sind nicht so empfindlich. Wem es hier nicht gefällt, der wird sowieso schnell wieder abschwirren.«

Sie starrte den Kriminaltechniker so lange an, bis er seinen Blick senkte. Daraufhin herrschte gespannte Ruhe in der Kutsche, bis die Kutsche einige Zeit später die Warmbadstraße erreichte. Die Kommissarin beglückwünschte sich selbst dazu, dass sie das Ferienhaus in der Nacht noch mit einem polizeilichen Siegel versehen hatte. Ihr war vollkommen klar, dass zumindest einige von den

BKA-Kollegen ihre fachlichen Fähigkeiten anzweifelten. Das war für sie ein Grund mehr, sich keine Blöße zu geben.

Antje schloss auf. Im Flur hingen Fotos von Seehunden und Krabbenkuttern an den Wänden, es roch nach Sandelholz. Die behagliche Atmosphäre der modern eingerichteten Ferienunterkunft konnte nicht darüber hinwegtäuschen, dass hier ein brutales Verbrechen stattgefunden hatte.

»Dort links geht es zum Schlafzimmer, wo sich die tote Kollegin befindet«, sagte die Kommissarin. Ihre Stimme war belegt, wie sie selbst feststellte. Genau wie die anderen Anwesenden hatte sie sich Latexhandschuhe übergezogen. Schröder nickte nur. Er stieß die Tür auf und schaltete das Licht ein. Da Antje nachts die Fensterläden geschlossen hatte, drang kaum Helligkeit von außen hinein. Einen verrückten Moment lang befürchtete die Inselpolizistin, dass jemand in der Zwischenzeit die Leiche beseitigt hätte.

Doch das war nicht geschehen. Die Haut der Toten wirkte inzwischen fast wächsern, das Blut war längst geronnen. Der BKA-Kollege blieb kopfschüttelnd neben dem Opfer stehen.

»Das ist wirklich ein seltsamer Fall«, murmelte er. Sein Unterton ließ Antje aufhorchen.

»Wie meinen Sie das, Herr Schröder?«

»Nun, bei dieser Frau handelt es sich nicht um Kommissarin Birte Lohmann.«

Kapitel 4

Antje hakte sofort nach: »Pflüger ist in Begleitung dieser Frau mit der Fähre von Norddeich aus angereist. Mein Kollege und ich haben die beiden gesehen. Und während der vorigen Nacht hielt Ihr Kronzeuge eine Polizeiwaffe in der Hand, als wir ihn neben der Leiche gestellt haben.«

Der BKA-Beamte nickte langsam. »Fest steht, dass Birte Lohmann zusammen mit Pflüger in einem zivilen Dienstwagen nach Norddeich gefahren ist. Von dort aus hat sie mich angerufen, ich kenne ihre Stimme. Sie sagte, dass sie mit Pflüger noch einen Kaffee trinken wollte, während sie auf die Abfahrt des Fährschiffs warteten. Die Kollegin machte auf mich einen normalen Eindruck, alles schien reibungslos zu laufen.«

»Also muss der Austausch zwischen Birte Lohmann und der Unbekannten in Norddeich stattgefunden haben«, warf Roland ein. Er fügte hinzu: »Und wo ist dann die Personenschützerin geblieben?«

»Das werden wir herausfinden.« Mit diesen Worten griff Schröder zum Smartphone und sagte: »Ich kontaktiere die Kollegen in Norden. Eine Person kann nicht so einfach verschwinden, außerdem gibt es an den Fährterminals wahrscheinlich Überwachungskameras.«

Nachdem sich jemand vom Kommissariat Norden gemeldet hatte, erklärte der BKA-Mann die Sachlage und gab eine Personenbeschreibung durch. Birte Lohmann war offenbar eins siebzig groß, schlank und trug ihr blondes Haar kurz. Antje schaute zu der Leiche hinüber, die inzwischen von dem Pathologen untersucht wurde. Diese Frau wies eine geringere Körpergröße auf, außerdem trug sie ihr brünettes Haar schulterlang. Die Kriminaltechniker hatten sich im Haus verteilt. Einer von ihnen durchsuchte die Kleidungsstücke der Frau, die auf einem Stuhl drapiert waren. Nachdem Schröder sein Telefonat beendet hatte, hielt der Spezialist einen Polizei-Dienstausweis hoch.

»Das ist eine Fälschung, Herr Schröder. Eine gute Fälschung, aber für unsereins trotzdem sofort zu erkennen.« Schröder, Antje und Roland betrachteten das Dokument. Es war auf Kommissarin Birte Lohmann ausgestellt, doch auf dem Passfoto war die fremde Tote zu sehen.

»Die Frau hat sich für das Bild sogar eine Polizeiuniform angezogen«, stellte Antje fest. »Es sollte offenbar nichts dem Zufall überlassen werden. – Uns hat schon gestern stutzig gemacht, dass die Personenschützerin und Pflüger sehr vertraut miteinander schienen.«

»Sie deuteten bereits am Telefon so etwas an, Frau Fedder«, erwiderte Schröder. »Ich konnte mir ehrlich gesagt beim besten Willen nicht vorstellen, dass eine erfahrene Polizistin wie Birte Lohmann mit einem Kriminellen wie Pflüger anbändeln würde. – Wir müssen so bald wie möglich die Identität des Opfers feststellen.«

»Wir nehmen ihre Fingerabdrücke, sobald der Doc seine Untersuchung beendet hat«, sagte ein Kriminaltechniker, der sich offenbar angesprochen fühlte. »Womöglich haben wir die Dame schon im System.«

Der Arzt wandte sich an Schröder: »Der Tod wurde durch eine Kugel verursacht, die in Herznähe in die Brust eindrang. Das Geschoss befindet sich noch im Körper. Ich werde es später entfernen, sodass wir einen Abgleich vornehmen können. Momentan kann ich noch nicht sagen, mit was für einer Waffe gefeuert wurde.«

Antjes Gesichtsausdruck spiegelte anscheinend ihre Nachdenklichkeit wider. Jedenfalls fragte Schröder: »Was geht Ihnen durch den Kopf, Frau Fedder?«

»Der Patronenabgleich wird zeigen, ob Pflüger oder eine andere Person diese Frau getötet hat. Ich vermute, dass dieser sogenannte Kronzeuge einen völlig anderen Plan verfolgt. Er muss wissen, was mit der echten Birte Lohmann geschehen ist. Er steckte mit dem Mordopfer unter einer Decke.«

»Und das sogar im Wortsinn«, ergänzte Roland.

Bevor er noch mehr sagen konnte, meldete sich wieder ein Kriminaltechniker zu Wort: »Schauen Sie bitte, Herr Schröder.«

Der Spezialist hatte eine Reisetasche durchsucht, die sich im Kleiderschrank befand. Er hielt ein Handfunkgerät hoch.

»Die falsche Polizistin wird Kontakt zu einem weiteren Komplizen gehalten haben«, dachte der Hauptkommissar laut nach. »Aber warum benutzt man dafür ein Funkgerät und nicht einfach ein Handy?«

»Die Frage kann ich vielleicht beantworten«, sagte die Inselpolizistin. »Hier draußen vor der Küste ist die Mobilfunkabdeckung teilweise schlecht, vor allem auf hoher See. Wenn sich der Mittäter beispielsweise an Bord eines Bootes befindet, kann man ihn besser über den UKW-Bordfunk als per Handy erreichen.«

Schröder nickte langsam. »Ja, das leuchtet mir ein. Ich gehe ebenfalls davon aus, dass Pflüger in das Komplott verwickelt ist. Daher möchte ich den Kerl so bald wie möglich vernehmen.«

»Dann begleiten Sie uns doch bitte zur Polizeiwache«, schlug Roland vor. »Es sind nur ein paar Schritte zu Fuß.«

Der BKA-Mann bat die Kriminaltechniker, mit der gründlichen Durchsuchung des Ferienhauses weiterzu-machen. Der Gerichtsmediziner hatte die Aufgabe, den Transport der Leiche per Flugzeug aufs Festland zu veranlassen. Als Antje und Roland wenig später mit Schröder das Gebäude verließen, kam ihnen Silke Meester auf dem Fahrrad entgegen. Die Bürgermeisterin bekam große Augen, als sie den hochgewachsenen Unbekannten im Geschäftsanzug erblickte.

Die hat mir gerade noch gefehlt!, dachte die Kommissarin grimmig. Sie war sicher, dass die Amtsträgerin bereits seit einiger Zeit in der Warmbadstraße ihre Runden drehte, um eine »zufällige« Begegnung herbeizuführen. Einen Beweis dafür gab es natürlich nicht. Doch es gehörte leider zu Silke Meesters Gewohnheiten, sich ungefragt in die Polizeiarbeit auf der Insel einzumischen. Die Bürgermeisterin bremste direkt vor den drei Beamten und schaute Schröder erwartungsvoll an.

»Sie haben Besuch?«, fragte sie betont unschuldig.

Antje lächelte verkrampft und entgegnete: »Das ist Hauptkommissar Werner Schröder vom Bundeskriminalamt. – Herr Schröder, bei Frau Meester handelt es sich um die gewählte Bürgermeisterin von Juist.«

Und wer gewählt wurde, kann auch wieder abgewählt werden, fügte sie in Gedanken hinzu.

»Bundeskriminalamt?«, echote Silke Meester. Doch ihr Tonfall hörte sich plötzlich nicht mehr so dienstlich an. Für Antje war es offensichtlich, dass Schröder die Bürgermeisterin in seiner Eigenschaft als Mann beeindruckte. Er lächelte der Amtsträgerin charmant zu.

»Die Hintergründe dieses Falls unterliegen der Geheimhaltung, dafür haben Sie gewiss Verständnis«, sagte er.

»Ja, selbstverständlich!«, behauptete Silke Meester, obwohl sie normalerweise stets ihre Nase in polizeiliche Ermittlungen steckte. Sie konnte ihren Blick nicht vom Gesicht des Hauptkommissars abwenden.

»Wir müssen weiter«, drängte Roland.

»Ja, die Pflicht ruft«, bestätigte die Bürgermeisterin und lachte gekünstelt. »Falls Sie Informationen über die Insel selbst und ihre Verwaltung benötigen, stehe ich Ihnen jederzeit zur Verfügung, Herr Schröder!«

Sie warf dem BKA-Mann noch einen verheißungsvollen Blick zu und trat dann wieder kräftig in die Pedale. Antje hatte bisher noch nicht erlebt, dass ein Mann von Silke Meester so eindeutig angeflirtet wurde. Sie verkniff sich einen Kommentar, jetzt hatte die Lösung des Falles absoluten Vorrang.

Wenig später erreichten die Kommissare und ihr BKA-Kollege die Dienststelle. Antje setzte zunächst einen Tee auf, während Roland den Verdächtigen aus der Arrestzelle holte.

»Juist ist eine kleine Welt für sich, nicht wahr?«, sagte Schröder zu ihr. »Hier kennt jeder jeden, das habe ich schon bei meinem Ferienaufenthalt festgestellt.«

»Ja, und trotzdem schaffen es die Menschen, ihre Geheimnisse zu bewahren – jedenfalls dann, wenn sie etwas zu verbergen haben«, gab Antje lächelnd zurück. Schröder war ihr sympathisch, weil er die Insulaner gegen die unhöfliche Bemerkung des Kriminaltechnikers in Schutz genommen hatte. Außerdem führte er sich nicht als der große Boss auf, obwohl er ranghöher war als die beiden Inselpolizisten.

Pflüger sah nicht aus wie das blühende Leben, als er sich im Verhörraum auf einen Stuhl niederließ. Während der wenigen Stunden seit seiner Verhaftung schien er um Jahre gealtert zu sein. Er hatte dunkle Ringe unter den Augen, seine Wangen waren fahl. Laut den Informationen vom Bundeskriminalamt war er wegen diverser Verbrechen mehrfach vorbestraft, konnte nach Antjes Meinung daher als ein hartgesottener Krimineller angesehen werden. Doch der tödliche Schuss auf die Unbekannte schien ihn stark mitgenommen zu haben.

Die Kommissarin und Schröder nahmen gegenüber von Pflüger am Tisch Platz, Roland verschränkte die Arme vor der Brust und lehnte sich gegen die Wand.

Auf dem Tisch befanden sich die Teekanne, Tassen, Kandis und Sahne. Antje schenkte ein. Pflüger starrte in seine Tasse, als ob er dort die Antwort auf die Frage nach

44

dem Sinn des Mordes vermutete. Oder kannte er diese bereits? Das mussten die Ermittler nun herausfinden.

»Wir wollen keine Märchen von Ihnen hören, Pflüger«, stellte Schröder klar. »Sie wissen so gut wie ich, dass es sich bei der toten Frau nicht um Kommissarin Lohmann handelt. – Was ist mit Ihrer Personenschützerin geschehen? Und wer ist das Mordopfer?«

Der Verbrecher hielt den Blick gesenkt, während er eine Antwort gab.

»Ich habe Frau Lohmann zuletzt im Fährterminal von Norddeich gesehen. Dort konnte Kea ihr unauffällig etwas in den Kaffee schütten …«

Der BKA-Mann fiel ihm ins Wort: »Kea – ist das der Name der Erschossenen?«

»Ja, sie hieß Kea Hagen.«

»Und was genau hat diese Kea Hagen in den Kaffee der Kollegin gegossen?«, hakte Antje nach. »Gewiss keine Kondensmilch, oder?«

Pflüger schüttelte den Kopf.

»Es war eine Mixtur aus K.-o.-Tropfen und einem Schlafmittel. Frau Lohmann ging wenig später zur Toilette. Kea folgte ihr in den Waschraum. Die Polizistin verlor das Bewusstsein. Kea nahm ihr das Handy, den Ausweis, die Pistole samt Holster und die Fährtickets ab. Den echten Dienstausweis hat sie während der Überfahrt in die Nordsee geworfen. Wahrscheinlich ist die Personenschützerin inzwischen gefunden worden.«

»Schicken Sie ein Stoßgebet zum Himmel, dass die Kollegin noch lebt!«, knurrte Schröder.

»Ich rufe in Norden an und gebe die Information weiter«, sagte Roland. »Birte Lohmann könnte dort in ein Krankenhaus eingeliefert worden sein.«

Mit diesen Worten verließ Antjes Kollege den Verhörraum. Der Hauptkommissar vom Bundeskriminalamt wandte sich wieder an den Kriminellen: »Wozu sollte diese Austauschaktion überhaupt gut sein?«

»Ich bekam kalte Füße, nachdem ich mich als Kronzeuge zur Verfügung gestellt hatte«, gab Pflüger zu. »Mir wurde bewusst, dass ich mich vor der Vergeltung durch Theo Sotteks Handlanger niemals sicher fühlen könnte – es sei denn, dass ich völlig von der Bildfläche verschwunden wäre. Aber noch nicht einmal das Bundeskriminalamt hätte meine Spuren so perfekt verwischen können. So etwas geht nur, wenn man sich nicht an die Gesetze halten muss. Also organisierte ich mein endgültiges Abtauchen.«

Antje lag die Frage auf der Zunge, wie Pflüger die Aktion vorbereitet hatte. Er saß ja die ganze Zeit lang in Untersuchungshaft. Vermutlich war sein Rechtsanwalt ihm dabei behilflich gewesen. Leider gab es auch in diesem Berufsstand schwarze Schafe. Ob dem Juristen eine Tatbeteiligung nachzuweisen war? Das würde sich zeigen. Bevor die Kommissarin nachhaken konnte, redete der Verbrecher weiter: »Es war ein Glücksfall, dass ich nur in Begleitung einer einzigen Personenschützerin auf diese kleine Insel gebracht werden sollte. Unser Plan war einfach. Kea und ich wollten pünktlich auf Juist eintreffen und zunächst in das Ferienhaus ziehen, um kein Aufsehen zu erregen.«

»Und wenn die hiesigen Polizeikräfte Birte Lohmann gekannt hätten?«, warf Schröder ein. »Dann wären Sie sofort aufgeflogen.«

»An die Möglichkeit haben wir auch gedacht. Aber dieses Risiko mussten wir eingehen. Und zunächst klappte ja auch alles.«

»Bis Kea Hagen sterben musste«, bemerkte Antje. In diesem Moment kam Roland wieder herein. Alle Anwesenden schauten ihn an.

»Birte Lohmann geht es den Umständen entsprechend gut«, verkündete er, wobei seiner Stimme die Erleichterung anzuhören war. Der Kommissar fuhr fort: »Das Fährterminal-Personal fand die Kollegin auf der Toilette und vermutete zunächst, dass sie drogenabhängig sei. Sie hatte keine Personalpapiere bei sich. Frau Lohmann wurde ins Krankenhaus geschafft, wo man ihr Blut untersuchte und ihr den Magen auspumpte. Sie ist noch schwach und dehydriert, konnte aber bereits vernommen werden. Sie erinnert sich noch an das Kaffeetrinken mit Pflüger, danach hatte sie einen kompletten Filmriss.«

»Danken Sie dem lieben Gott auf den Knien, dass Sie nicht auch noch einen Polizistinnenmord auf dem Kerbholz haben«, sagte Antje zu dem Kriminellen.

Er beteuerte: »Wir wollten die Personenschützerin nicht ernsthaft verletzen, das müssen Sie mir glauben. Wir hatten uns ausgerechnet, dass sie heute früh wieder ansprechbar sein würde. Bis dahin wollten wir über alle Berge sein.«

»Wie genau wäre es denn nach Plan weitergegangen?«, fragte Schröder.

»Ein Freund sollte uns nach Mitternacht mit seiner Yacht abholen. Wir standen über Funk mit ihm in Verbindung.«

Bevor Pflüger mit seiner Erklärung fortfahren konnte, hakte Antje ein: »Der Hafen von Juist ist gezeitenabhängig, das Boot hätte um diese Uhrzeit gar nicht einlaufen können.«

»Darüber war sich mein Freund im Klaren«, gab der Ganove zurück. »Er wollte auf Reede ankern und uns mit einem Schlauchboot abholen. Das wäre auch viel unauffälliger gewesen, als im Hafen einzulaufen.«

Die Inselpolizistin musste zugeben, dass dieses Vorhaben hätte funktionieren können. Der Juister Strand war sehr lang und bei Nacht größtenteils menschenleer. Wenn der Komplize an einer einsamen Stelle gelandet wäre und von dort aus die beiden mitgenommen hätte … aber es war eben anders gekommen.

»Hat Ihr Freund auch einen Namen?«, wollte Schröder wissen.

»Ja, aber der tut nichts zur Sache.«

»Darüber haben Sie nicht zu entscheiden«, blaffte der BKA-Mann. »Oder können Sie ausschließen, dass dieser Mann von den Sotteks unter Druck gesetzt wurde?«

Pflüger starrte Schröder an, als ob er einen Geist sehen würde. An diese Möglichkeit schien er nicht gedacht zu haben. Und auch Antje musste selbstkritisch zugeben, dass sie einen Komplizen dieses Ganoven nicht als Ersten verdächtigt hätte. Dabei wäre es plausibel, den Yachteigner genauer zu durchleuchten. Er kannte immerhin den exakten Aufenthaltsort des Kronzeugen. Oder?

»Haben Sie diesem Freund die Adresse des Ferienhauses genannt?«, wollte die Kommissarin wissen. Pflüger antwortete nicht. Er schien tief in Gedanken versunken zu sein, seit Schröder ihn auf einen möglichen Verrat hingewiesen hatte.

»Meine Kollegin hat Sie etwas gefragt!«, sagte der BKA-Beamte mit leicht erhobener Stimme. Der Kriminelle drehte seinen Kopf in Antjes Richtung, blickte ihr aber nicht in die Augen.

»Ja, sicherheitshalber haben wir das getan. Es wäre ja möglich gewesen, dass wir keinen Funkkontakt aufbauen können. Dann hätte Kai uns direkt abgeholt.«

»Wie heißt der Mann mit vollem Namen?«, fragte Antje.

»Kai Sievers«, antwortete Pflüger widerstrebend.

Schröder wandte sich an die Kommissarin: »Dieser Name sagt mir etwas. – Sie haben doch vor drei Jahren mit Sievers den Elmshorn-Coup durchgezogen, oder?«

Die Frage war natürlich an Pflüger gerichtet. »Ich weiß nicht, wovon Sie sprechen«, murmelte der Ganove. Doch mit seinem Tonfall strafte er sich selbst Lügen.

»Der Elmshorn-Coup war ein Raubüberfall, der bedauerlicherweise bisher nicht aufgeklärt werden konnte«, teilte der BKA-Beamte den Inselpolizisten mit. »Wir hatten Pflüger und Sievers sowie einige andere Kerle gleichen Kalibers im Verdacht, doch es fehlte uns an Beweisen.«

»Kai und ich kennen uns seit Jahren, er wollte mir behilflich sein«, murmelte Pflüger. »Vor einiger Zeit hat er sich eine Yacht zugelegt, die *Mellow Rose*.«

»Diese Information dürfte die Küstenwache interessieren«, meinte Roland. »Vielleicht ist der Kahn ja noch in der Nähe und kann gestoppt werden.« Erneut ging er hinaus.

»Meinen Sie wirklich, dass Kai die Seiten gewechselt hat?« Diesmal war es Pflüger, der die Frage stellte. Schröder machte eine unbestimmte Handbewegung.

»Sie wissen selbst, wie groß Theo Sotteks Einfluss ist. Es gab gute Gründe dafür, Sie auf Juist vor ihm zu verstecken.«

»Das hätte Kai niemals getan! Er ist kein mieser Verräter!«, stieß der Kronzeuge hervor. Antje hatte ihn anfangs falsch eingeschätzt, wie sie nun erkannte. Ihrer Meinung nach war er ein abgebrühter und herzloser Krimineller, doch zumindest bei seinen persönlichen Bindungen zeigte er Gefühle. Mit Kea war er im Bett gewesen, und diesen Sievers betrachtete er offensichtlich als einen Freund.

Schröder sagte: »Sie wissen, wie es nun weitergeht, Pflüger. Wir werden Sievers befragen und seine Yacht durchsuchen. Falls er geschossen haben sollte, lassen sich Schmauchspuren an seiner Hand und auf seiner Kleidung feststellen. Und wir können zweifelsfrei nachweisen, aus welcher Waffe die Kugel in Kea Hagens Körper abgefeuert wurde.«

Der Ganove nickte langsam.

»Ja, tun Sie das. Ich habe Kea nicht erschossen, und Kai ist es bestimmt auch nicht gewesen.«

»Hatten Sie eigentlich überhaupt vor, gegen Sottek auszusagen?«, wollte der BKA-Beamte wissen. »Oder planten Sie von vornherein Ihre Flucht?«

»Ich wollte Theo hinter Gitter bringen«, beteuerte der Ganove. »Aber in U-Haft ist mir seine Macht so richtig bewusst geworden. Sie wissen doch, was Gefangene von Verrätern halten, oder?«

Schröder erwiderte nichts. Die Inselpolizistin wollte nun auf die Mordnacht zu sprechen kommen. Und dafür musste sie zunächst erfahren, was vor dem tödlichen Schuss geschehen war.

»Erzählen Sie uns von Ihrem Verhältnis zu Kea Hagen«, forderte Antje. Die Erwähnung dieses Namens schien Pflüger zu schmerzen, jedenfalls kam es ihr so vor.

Er sagte: »Ich kannte Kea seit Jahren, wir hingen in denselben Kreisen herum. Sie hat ein paar Dinger gedreht, nichts Spektakuläres. Und sie sah seriös aus, man hätte sie glatt für eine Polizistin halten können. Daher boten wir ihr den Job an.«

»Sie – und wer noch?«, fragte Schröder.

»Das spielt doch keine Rolle. – Jedenfalls traf Kea pünktlich in Norddeich ein, die Überlistung von Birte Lohmann klappte auch. Auf der Fähre kamen wir uns dann erstmals näher. Wir setzten uns aufs Oberdeck, in eine stille Ecke. Wir schauten auf die Nordsee, auf diese Weite bis zum Horizont.«

Pflüger kam beinahe ins Schwärmen, was nicht so recht zu dem Bild passen wollte, das Antje von ihm hatte. Doch sie führte sich vor Augen, dass dieser Mann monatelang in Untersuchungshaft gesessen hatte, bevor er zu dem Juist-Trip aufgebrochen war. Für jemanden wie ihn musste das weite Meer ungeheuer anziehend wirken. Und weibliche Gesellschaft hatte er vermutlich ebenfalls vermisst.

Pflüger fuhr fort: »Kea spielte ihre Rolle gut. Auf der Insel gingen wir direkt zum Ferienhaus, dorthin war es ja nicht so weit. Wir kauften noch ein paar Sachen ein, um uns zu stärken.«

»Wir haben gesehen, wie Sie auf der Terrasse Wein tranken«, bemerkte Roland, der inzwischen zurückgekehrt war. Der Verbrecher warf dem Kommissar einen erstaunten Blick zu.

»Echt? Wir haben Sie aber gar nicht bemerkt.«

Das wundert mich nicht, du hattest ja nur Augen für Kea, sagte Antje in Gedanken zu dem Verdächtigen. Allerdings erschien es ihr inzwischen immer unwahrscheinlicher, dass Pflüger die Frau getötet hatte. Vermutlich galten seine Schüsse wirklich nur dem Attentäter, der im Schutz der Dunkelheit geflohen war. Doch warum musste Kea Hagen sterben, während der Kronzeuge noch lebte?

»Wie ging es dann weiter?«, wollte sie wissen.

»Der Wein stieg mir schnell zu Kopf, weil ich in der U-Haft nichts Stärkeres als Instantkaffee zu trinken bekam. Kea und ich landeten irgendwann im Bett. Wir wollten eigentlich darauf warten, dass Kai uns anfunkte, aber dann sind uns doch die Augen zugefallen. Ich wachte auf, weil ein Schuss krachte und das Fenster zersplitterte. Kea wurde getroffen, ich sah ihr Blut. Also sprang ich aus dem Bett, schnappte mir die Pistole der Polizistin und schoss zurück.«

»War das Licht im Zimmer zu diesem Zeitpunkt eingeschaltet?«, hakte die Kommissarin nach.

»Warum ist das wichtig?«, lautete Pflügers Gegenfrage.

»Wenn man vom dunklen Garten aus in ein unbeleuchtetes Zimmer schießt, handelt es sich wohl eher um einen Zufallstreffer«, erklärte Antje. »Wenn hingegen im Haus eine Lampe eingeschaltet war, dann konnte der Unbekannte gezielt Kea Hagen erschießen – und nicht Sie.«

Und Schröder ergänzte: »Oder verfügte seine Pistole über eine Waffenleuchte?«

Pflüger schien verwirrt. Doch er versuchte offenbar, sich genau zu erinnern. Jedenfalls war das Antjes Eindruck. Der Ganove schüttelte den Kopf.

»Nee, eine Waffenleuchte hätte ich bemerkt. Und ich bin sicher, dass die Deckenlampe eingeschaltet war. Wir sind eingepennt, bevor wir das Licht ausmachen konnten.«

Schröder nickte und wandte sich an die Inselpolizistin: »Wenn Sie einverstanden sind, sollten wir das Verhör an dieser Stelle erst einmal beenden. Ich möchte mich vergewissern, dass Kea Hagen wirklich nicht mit der Dienstwaffe erschossen wurde, bevor wir weitermachen.«

»Ich lüge nicht«, behauptete der Ganove. Doch ihm war vermutlich bewusst, dass seine Aussagen überprüft werden mussten. Schließlich hatte er noch vor kurzem einen Fluchtversuch geplant. Roland brachte ihn einstweilen in die Arrestzelle zurück.

»Ich werde jetzt zum Ferienhaus gehen und schauen, wie weit die Kriminaltechniker sind«, sagte der BKA-Beamte.

»Wir führen unsere tägliche Patrouille auf der Insel durch und stoßen dann später wieder zu Ihnen«, erwiderte Antje. Während der Hauptkommissar sich wieder Richtung Warmbadstraße in Bewegung setzte, schlossen die Inselpolizisten das Wachlokal ab und fuhren zunächst auf den Kurplatz zu.

»Die Küstenwache will sich melden, wenn sie die *Mellow Rose* gefunden haben«, meinte Roland. »Dann können wir … bist du mit deinen Gedanken anderswo, Antje?«

Die Kommissarin nickte und antwortete mit gedämpfter Stimme. »Ja, bei dem Passanten da vorn. Findest du nicht auch, dass Papas Beschreibung des Verdächtigen auf ihn passen könnte?«

Kapitel 5

Der Mann befand sich mehrere Hundert Meter vor den Kommissaren. Er hatte die beiden noch nicht bemerkt. Der Verdächtige schien es nicht besonders eilig zu haben. Er schlenderte am *Café Baumanns* vorbei auf den Ortskern zu. Die Inselpolizisten hatten angehalten und beobachteten ihn.

»Die Kleidung, die Statur – das könnte wirklich passen«, stellte Roland fest. »Wenn wir eine allgemeine Personenkontrolle durchführen, werden wir schnell merken, ob er eine Pistole trägt.«

»Ja, aber für meinen Geschmack sind zu viele Unbeteiligte in der Nähe«, gab Antje zu bedenken. »Falls diese Person wirklich ein Killer ist, dann könnte er sich seinen Weg freischießen wollen und ein Blutbad anrichten. – Lass uns ihn lieber noch eine Zeit lang observieren, bevor wir eingreifen.«

»Ja, einverstanden.«

Die Kommissare waren bereits abgestiegen und schoben nun ihre Räder. Der Mann schien nicht zu ahnen, dass er beobachtet wurde. Er bog in die Friesenstraße ein, wandte sich nach links und betrat wenig später den Frischemarkt. Antje und Roland blieben auf der gegenüberliegenden Straßenseite stehen.

»Er kauft ein«, stellte der Inselpolizist fest. »Das ist keine besonders verdächtige Tätigkeit.«

»Wenn der Kerl sich selbst bevorratet, wird er nicht in einem Hotel wohnen, eher in einem Ferienhaus«, meinte seine Kollegin. »Warum trägt er eine Pistole oder ein Messer am Gürtel? Sobald keine anderen Personen mehr in der Nähe sind, knöpfen wir ihn uns vor.«

Ihre Anspannung wuchs, während sie den Eingang des kleinen Supermarkts im Auge behielt. Einige Kunden kamen heraus. Ungefähr die Hälfte von ihnen waren Einheimische, daher kannte Antje sie persönlich. Bei den Übrigen handelte es sich um Feriengäste. Der Verdächtige hatte für seine Besorgungen ungefähr zehn Minuten benötigt, obwohl die Zeitspanne der Kommissarin viel länger vorkam. Antjes Herz schlug schneller, als der Mann das Geschäft verließ und Richtung Damenpfad davonging.

»Hier sind kaum noch Leute auf der Straße«, raunte Roland. »Wollen wir die Person jetzt ansprechen?«

Die Kommissarin nickte. Im nächsten Moment blieb der Mann vor einem Ferienhaus am Damenpfad stehen, stellte seinen Einkaufsbeutel ab und holte einen Schlüssel heraus. Das war der passende Moment für eine Ansprache, wie Antje fand. Sie lehnte ihr Rad gegen eine Wand und beschleunigte ihre Schritte. Roland folgte ihrem Beispiel. Gleich darauf hatten sie den Unbekannten erreicht. Er drehte sich zu ihnen hin, wobei ein unverbindliches Lächeln auf seinen Lippen erschien.

»Ja, bitte?«

»Moin. Ich bin Kommissarin Fedder, das ist Kommissar Witte. Wir führen eine allgemeine Personenkontrolle durch. Wir möchten gern Ihren Personalausweis sehen.«

Antje beobachtete den Fremden genau, während sie sprach. Die Inselpolizistin hielt sich für eine gute Menschen-kennerin. Und bei diesem Mann war sie sicher, dass er etwas zu verbergen hatte. Er bemühte sich so stark darum, locker und unbeschwert zu wirken, dass er sich verkrampfte. In seinen Augen lag so etwas wie Wachsamkeit. Der Unbekannte knöpfte die Jacke auf und griff nach seiner Brieftasche, die er in der Gesäßtasche hatte. Dabei schlug er den Jackenschoß zurück, sodass die Lederscheide an seinem Gürtel sichtbar wurde. Tjark Fedder hatte sich nicht getäuscht, als er einen verdächtigen Gegenstand bemerkte. Allerdings handelte es sich um ein Segler- oder Jagdmesser.

Es gehörte im Gegensatz zu einem Spring- oder Fallmesser nicht zu den in Deutschland verbotenen Hieb- und Stichwaffen.

Der Mann öffnete seine abgegriffene lederne Brieftasche und zog einen Bundespersonalausweis hervor. Roland nahm das Dokument entgegen.

»Ich mache eine POLAS-Abfrage«, kündigte der Inselpolizist an und trat einige Schritte seitwärts. Antje blieb in Reichweite des Verdächtigen stehen, wobei sie auf Eigensicherung achtete. Sie stellte sich darauf ein, dass er einen Überraschungsangriff versuchen würde. Zwar nahm er keine aggressive oder bedrohliche Haltung ein, doch Antje registrierte seine Anspannung. Er erinnerte sie an einen Vulkan, der kurz vor der Explosion stand. Trotzdem versuchte der Fremde immer noch, locker zu wirken.

»Gibt es einen besonderen Grund für diese Kontrolle, Frau Fedder? Ich habe keine Bombe in meinem Einkaufsbeutel, falls Sie das annehmen.«

Er lachte über seinen eigenen blöden Witz. Antje blieb ernst und entgegnete: »Das hatten wir auch nicht angenommen. – Es gab in der vorigen Nacht einen Schusswechsel in der Warmbadstraße, wir sind noch auf der Suche nach Zeugen.«

Diese Information schien den Unbekannten zu überraschen, wenn sich seine Mimik richtig deuten ließ. Andererseits: Falls er in das Verbrechen verwickelt war, hatte er genügend Zeit gehabt, sich auf eine mögliche Begegnung mit den Gesetzeshütern vorzubereiten.

»Eine Schießerei, sagen Sie? Und ich glaubte, Juist wäre so eine friedliche Insel. Ich habe gar keine lauten Geräusche gehört. Allerdings weiß ich auch nicht, wo sich die Warmbadstraße befindet.«

Bevor Antje auf die Bemerkung des Fremden eingehen konnte, trat ihr Kollege wieder näher und gab dem Verdächtigen seinen Ausweis zurück.

»Vielen Dank, Herr Andreas Pohl. Es liegt nichts gegen Sie vor.«

»Na, das wollen wir doch hoffen!«, erwiderte Pohl nervös lachend. Dann kann ich ja jetzt meine Einkäufe wegsortieren, wenn Sie nichts dagegen haben.«

Er bückte sich nach seiner auf dem Boden stehenden Einkaufstüte, doch Antje hielt ihn zurück.

»Nicht so eilig, Herr Pohl. Ich wüsste gern, warum Sie ein Messer bei sich tragen.«

Sein linkes Augenlid zuckte. Er warf der Kommissarin einen heimtückischen Blick zu. Doch dann grinste er breit.

»Ich bin Angler, und Brandungsangeln soll hier auf Juist eine besondere Attraktion sein.«

Antje nickte. Sie hatte gehört, dass die Fischbestände im Uferbereich seit Jahren zurückgingen, doch Pohls Erklärung schien zunächst einleuchtend. Er hob nun mit der linken Hand die Tasche mit den Besorgungen, während er mit rechts das Ferienhaus aufschloss. Er wollte sich offensichtlich nicht länger aufhalten lassen. Da bemerkte die Kommissarin den Ehering an seiner Hand.

»Wie geht es eigentlich Ihrer Frau? Sie haben sie bisher noch mit keiner Silbe erwähnt. Machen Sie hier allein Urlaub?«

»Das geht Sie überhaupt nichts an!«, blaffte Pohl. Seine gespielte Freundlichkeit war nun wie weggeblasen.

»Es kostet uns einen Anruf beim Ferienhausvermieter, um zu erfahren, ob Sie für zwei Personen gebucht ha… hey!«

Antje unterbrach sich selbst, denn in diesem Moment holte Pohl mit dem Einkaufsbeutel aus und schlug nach ihr. Sie konnte ausweichen. Nun stürmte Roland vor. Pohl riss die

Haustür auf, sprang ins Innere des Gebäudes und zog gleichzeitig sein Messer.

»Vorsicht!«, rief Antje gellend. Der Kommissar hatte die Gefahr bereits erkannt. Er packte das Handgelenk seines Widersachers und verdrehte es so weit, bis Pohl mit einem Schmerzensschrei die Waffe fallen ließ. Die beiden Männer gingen im Hausflur miteinander ringend zu Boden.

Natürlich blieb die Inselpolizistin währenddessen nicht untätig. Sie folgte ihrem Kollegen, beförderte das Messer mit einem Tritt in eine weit entfernte Ecke und half dann Roland dabei, dem fluchenden und tobenden Pohl Handschellen anzulegen.

»Was soll das, ich habe nichts getan!«, beschwerte er sich. Antje schüttelte den Kopf.

»Ein tätlicher Angriff auf eine Polizistin im Dienst ist eine Straftat, Herr Pohl. Außerdem wissen wir immer noch nicht, was mit Ihrer Frau geschehen ist.«

»Das geht Sie überhaupt nichts an!«

»Sie haben jetzt mal Sendepause«, meinte Roland. Der Verdächtige lag flach auf dem Boden, seine Hände waren hinter dem Rücken mit Handschellen gefesselt. Von ihm ging momentan keine Gefahr mehr aus. Der Kommissar durchsuchte Pohls Taschen, während er den Mann über seine Rechte belehrte. Inzwischen schaute Antje sich in dem Ferienhaus genauer um. Sie betrat zunächst den großen modern eingerichteten Wohnraum, der auch durch die Terrassentüren betreten werden konnte.

Der Blutfleck auf dem Sofa war nicht zu übersehen. Natürlich war es auch möglich, dass Rotwein oder eine andere Flüssigkeit die Verschmutzung verursacht hatte. Doch Antje war schon lange genug im Polizeidienst, um getrocknetes Blut erkennen zu können.

»Frau Pohl? Hier ist die Polizei. Geht es Ihnen gut?«

Nachdem sie laut gerufen hatte, hörte die Kommissarin zunächst nur ihren eigenen Herzschlag. Die Stille war bedrückend, zumal Pohl nun vom wilden Schimpfen zum verbissenen Schweigen gewechselt war. Doch plötzlich ertönte ein Geräusch, das wie ein leises Röcheln klang.

Zwischen dem Wohnraum und der offenen Küche befand sich eine schmale Tür, die wahrscheinlich zu einem Hauswirtschaftsraum führte. Antje öffnete sie. Abgestandene Luft schlug ihr entgegen, es roch nach Schweiß und Reinigungsmitteln. Auf dem Boden kauerte eine Frau. Sie war mit einer Wäscheleine gefesselt und mit einem Stück Stoff geknebelt worden. Aus geröteten verweinten Augen schaute sie die Inselpolizistin verängstigt an. Antje kniete sich neben sie und begann damit, die Fesseln zu lösen.

»Roland, ich habe eine Geisel gefunden«, rief sie ihrem Kollegen zu. »Schaff den Verdächtigen auf die Dienststelle, ich will ihn nicht hier haben.«

»Du hältst die Klappe, Lydia!«, brüllte Pohl. »Wage es nicht, mir in den Rücken zu fallen!«

Die Gefesselte begann zu zittern. Im Eingangsbereich ertönten einige rumpelnde Geräusche, dann wurde die Tür von außen zugeschlagen. Die Kommissarin zweifelte nicht daran, dass Roland den mutmaßlichen Täter unter Kontrolle halten konnte. Sie musste nun zunächst versuchen, das Opfer zu beruhigen.

Nachdem Antje die Wäscheleine und den Knebel entfernt hatte, sagte sie: »Vor Pohl müssen Sie sich nicht fürchten, er kann Ihnen jetzt nichts mehr tun. Ich bin Kommissarin Antje Fedder von der Polizei Juist. Wie heißen Sie?«

»Lydia Pohl.«

Die Frau trug einen Ehering. Antje half ihr beim Aufstehen. Lydia Pohl war mit Jeans und einem pastellfarbenen T-Shirt bekleidet. Es wies an der Seite einen dunklen Fleck auf. Die Inselpolizistin hob das Oberteil an und entdeckte darunter eine unsachgemäß verbundene Verletzung an der linken Flanke.

»Hat Ihr Ehemann Ihnen das angetan?«

Lydia Pohl antwortete nicht. Sie stand vermutlich unter Schock.

»Sie müssen medizinisch versorgt werden«, entschied Antje. »Können Sie gehen?«

»Ja, meine Beine sind nur etwas eingeschlafen.«

Die Kommissarin begleitete die Verletzte in die Ferienhausküche, wo sie ihr ein Glas Mineralwasser einschenkte. Dann rief Antje mit ihrem Smartphone einen der Badeärzte an, die auf Juist praktizierten. Sie schilderte ihm die Situation. Er versprach, umgehend vorbeizukommen.

Lydia Pohl trank hastig ihr Wasser. Sie musste großen Durst haben. Antje füllte das Glas erneut. Nachdem die Ehefrau des Verdächtigen noch etwas von der Flüssigkeit zu sich genommen hatte, begann sie stockend zu sprechen.

»Ich habe Andreas nie einen Grund zur Eifersucht gegeben. Aber manchmal hat er solche Phasen ... dann fürchte ich mich richtig vor ihm.«

Das Opfer war Antjes Meinung nach eine junge, hübsche Frau. Womöglich wurden Pohls Fantasien durch das gute Aussehen seiner Gattin angeheizt. Deshalb hatte er allerdings noch lange nicht das Recht, sie zu verletzen und einzusperren.

»Was genau ist passiert?«, fragte die Kommissarin.

»Gestern behauptete Andreas, ich hätte beim Spazierengehen einem Jogger schöne Augen gemacht. Das war völlig absurd. Ich kann mich noch nicht einmal daran erinnern, wie dieser Läufer aussah. Aber das spielte keine Rolle, mein Mann steigerte sich immer weiter in seinen Wahn hinein. Außerdem war er nicht mehr ganz nüchtern. Schließlich verlor ich die Nerven und rannte aus dem Haus.«

»Wann genau war das?«

»Gestern am frühen Abend, so gegen achtzehn Uhr. Ich hatte kein Ziel, wollte einfach nur weg.«

»Warum sind Sie nicht zur Polizei gegangen? Wir können Sie schützen«, stellte die Kommissarin klar.

»Ich wusste gar nicht, dass es auf der Insel überhaupt eine Wache gibt. Außerdem konnte ich keinen klaren Gedanken fassen. Ich lief durch die Straßen, war am Strand und zwischen den Dünen. Irgendwann fand Andreas mich. Da war ich vor Angst wie gelähmt und folgte ihm wieder ins Ferienhaus.«

Antje konnte nicht verstehen, dass Lydia Pohl sich wieder ihrem gewalttätigen Ehemann ausgesetzt hatte. Andererseits: Sie musste ihren Peiniger irgendwann einmal geliebt haben. Da fiel es ihr vermutlich besonders schwer, seine dunkle Seite klar zu erkennen. Sogar dann, wenn sie darunter leiden musste. Die Kommissarin dachte an die Aussage ihres Vaters. Offensichtlich war Andreas Pohl in die Juister Kajüte gekommen, um nach seiner entflohenen Gattin zu suchen. Warum hatte er sich bei Tjark Fedder nicht nach Lydia Pohl erkundigt? Darüber konnte Antje nur spekulieren. Vielleicht wollte er lästige Nachfragen vermeiden. Und außerdem konnte er ja mit eigenen Augen sehen, dass sie nicht unter den Gästen war.

»Wissen Sie noch, wann Sie mit Ihrem Mann ins Ferienhaus zurückkehrten?«, fragte sie.

»Das muss nach Mitternacht gewesen sein. Andreas war außer sich, weil ich abgehauen war. Er verletzte mich mit seinem Messer, doch im nächsten Moment erschrak er über sich selbst. Er verband meine Wunde. Ich glaubte schon, er würde sich für sein Verhalten entschuldigen. Doch dann fesselte und knebelte er mich und sperrte mich in die Kammer. Er sagte, es sei nur zu meinem Besten. Er würde nicht zulassen, dass andere Männer mich mit ihren dreckigen Fingern berührten.«

Pohl schien unter einer ernsthaften Geistesstörung zu leiden, doch darüber mussten die Fachgutachter entscheiden. Es läutete an der Haustür. Lydia Pohl zuckte zusammen. Antje legte beruhigend eine Hand auf ihre Schulter.

»Beruhigen Sie sich, das wird der Arzt sein.«

Sie öffnete, und tatsächlich kam einer der auf Juist praktizierenden Mediziner herein. Die Kommissarin führte ihn zu Lydia Pohl. Während der Doktor sich die Wunde anschaute, ging Antje in den Wohnraum hinüber und rief Roland an. Sie berichtete ihrem Kollegen, was sie soeben über den Tathergang erfahren hatte.

»Was für ein Mistkerl!«, stieß der Kommissar hervor. »Wie geht es der Frau?«

»Der Arzt ist gerade bei ihr. – Ich werde mich gleich mal umschauen und nach einer Pistole suchen. Doch es sieht bisher nicht so aus, als ob dieses Verbrechen etwas mit unserem Kronzeugenfall zu tun hätte.«

»Ich bin ganz deiner Meinung, Antje. Bevor ich Pohl zur Dienststelle schaffte, habe ich ihn gründlich durchsucht. Außer dem Messer hatte er keine verdächtigen Gegenstände bei sich. Er stammt aus Heilbronn und ist von Beruf Zerspanungsmechaniker. Eine Verbindung zum organisierten Verbrechen kann ich beim besten Willen nicht erkennen. Als ich ihm den Namen Mathias Pflüger nannte, zeigte er keine erkennbare Reaktion. In dieser Hinsicht kommt er mir glaubwürdig vor.«

»Apropos Pflüger: Was machen wir jetzt eigentlich mit Pohl? Ich will ihn auf keinen Fall wieder freilassen. Seine Frau soll nicht erneut bedroht werden. Aber wir haben leider nur eine Arrestzelle.«

»Daran habe ich auch schon gedacht. Die Kriminaltechniker könnten ihn mitnehmen, wenn sie heute Abend wieder Richtung Festland fliegen. Auf dem Kommissariat in

Norden gibt es garantiert noch ein vergittertes Plätzchen für unseren Wüterich. – Bleibt Schröder eigentlich länger auf Juist?«

»Das habe ich ihn noch nicht gefragt. Deine Idee mit dem Flug finde ich gut, wir sprechen einfach einen Platzverweis für die gesamte Insel Juist aus. Beweise für ein Strafverfahren gegen Pohl gibt es genügend. – Ich melde mich später wieder bei dir, einverstanden?«

Antje beendete das Telefonat, weil der Mediziner nun zu ihr kam.

»Die Schnittwunde der Patientin ist nicht sehr tief, sollte aber genäht werden. Das kann ich in meiner Praxis machen. Ansonsten habe ich ihr ein Beruhigungsmittel gegeben. Ich möchte sie gleich mitnehmen, wenn es recht ist.«

Dagegen hatte die Kommissarin nichts einzuwenden. Doch zuvor wollte sie noch kurz mit Lydia Pohl sprechen. Die Medizin wirkte offenbar bereits. Die junge Frau machte nicht mehr einen so verängstigten Eindruck wie noch kurz zuvor.

»Ihr Ehemann wird noch heute aufs Festland gebracht«, erklärte Antje. »Auf ihn kommen verschiedene Straf-verfahren zu. Er hat sich der gefährlichen Körperverletzung, der Freiheitsberaubung und des Widerstands gegen Vollstreckungsbeamte schuldig gemacht.«

»Andreas ist nicht immer so«, murmelte Lydia Pohl. »Aber er dreht immer wieder durch, obwohl er jedes Mal Besserung gelobt.«

»Ich kann Ihnen nicht vorschreiben, was Sie nun mit Ihrer Ehe anfangen sollen«, sagte Antje, »aber Sie können mich jederzeit anrufen, wenn Ihnen noch etwas einfällt.«

Mit diesen Worten gab die Kommissarin der Frau eine ihrer Visitenkarten.

Kapitel 6

Nachdem Antje das Ferienhaus verlassen hatte, rief sie sofort Schröder an. Roland hatte sein Fahrrad zurückgelassen und Pohl zu Fuß auf die Wache gebracht. Also nahm sie das Dienstfahrzeug ihres Kollegen mit.

»Ich wollte Sie auch gerade kontaktieren, Frau Fedder«, sagte der Hauptkommissar, als er das Gespräch annahm. »Die Kriminaltechniker sind einstweilen mit dem Ferienhaus durch und werden die Insel heute Abend verlassen. Ich bleibe noch.«

»Damit hat sich meine Frage erübrigt«, erwiderte Antje. »Ich organisiere Ihnen eine Unterkunft.«

»Das wäre sehr freundlich von Ihnen. Im Grunde werde ich erst beruhigt sein, wenn Pflüger vor das Gericht in Frankfurt tritt und seine Aussage macht.«

Antje war skeptisch, ob dies geschehen würde. Immerhin hatte der Ganove ja versucht, sich dieser Verpflichtung zu entziehen. Doch sie wollte nicht als Schwarzseherin dastehen und verzichtete deshalb auf einen Kommentar. Ihr kam es vor allem darauf an, den Mord an Kea Hagen aufzuklären.

Wieder einmal machte es sich bezahlt, dass Antje als echtes Inselkind gute Beziehungen zu den meisten Einheimischen und Zugezogenen unterhielt. Eigentlich galt Juist momentan als ausgebucht. Zwar hatte die Hauptsaison noch nicht begonnen, doch viele Fans des »Töwerlands« besuchten ihren Sehnsuchtsort bereits im Frühjahr, wenn es an den breiten Stränden noch etwas leerer war und die Insel langsam aus dem Winterschlaf erwachte.

Die Kommissarin erfuhr von einer Last-Minute-Stornierung im Hotel Pacific. Daher gelang es ihr, in dem ehrwürdigen Traditionshaus ein Zimmer für den BKA-Kollegen zu reservieren. Sie kehrte mit beiden Fahrrädern und dieser frohen Botschaft zur Dienststelle zurück. Dort saßen Roland und Schröder einträchtig beim Tee zusammen.

»Werner und ich sind uns einig, dass Pohl nichts mit dem Mordfall zu tun hat«, sagte Antjes Kollege.

Und der Hauptkommissar ergänzte: »Das kriminelle Geflecht der Sotteks ist mir ziemlich vertraut, wie ich Roland gerade schon mitgeteilt habe. Pohl passt nicht in diese Kreise, seine kriminelle Energie galt offenbar ausschließlich seiner Ehefrau. Wir sollten ihn von der Verdächtigenliste streichen.«

Roland und der BKA-Beamte duzten sich inzwischen, wie die Kommissarin sofort registriert hatte. Das war ihr nur recht, denn auch sie schätzte einen lockeren Umgangston. Außerdem hielt sie Schröder nicht für hochnäsig, nur weil er einen höheren Rang bekleidete.

»Ich bin übrigens die Antje – darf ich Sie auch beim Vornamen nennen?«, fragte sie. Schröder lächelte.

»Darüber würde ich mich sehr freuen«, erwiderte er und fuhr fort: »Die Kriminaltechniker haben Pohl aufs Festland mitgenommen, die Kollegen in Norddeich warten bereits auf ihn. Mit einer Analyse des tödlichen Geschosses und weiteren Informationen der Spurensicherung können wir morgen im Lauf des Tages rechnen.«

Roland holte auch für Antje eine Tasse und goss ihr Tee ein. Sie nahm auf ihrem Schreibtischstuhl Platz. Schröder hatte sich verkehrt herum auf einen Besucherstuhl gesetzt, seine Unterarme ruhten auf der Rückenlehne. Er hatte nun beide Inselpolizisten im Blickfeld.

Die Kommissarin fragte: »Werner, für wie glaubwürdig hältst du eigentlich Pflügers Behauptung, dass er mit Kai Sievers' Hilfe von der Insel fliehen wollte?«

»Die Aktion ist ja offenbar sorgfältig vorbereitet worden«, erwiderte der Hauptkommissar. »Denkst du, dass etwas anderes dahintersteckt?«

Antje sagte: »Tatsache ist: Kea Hagen wurde gezielt erschossen, während Pflüger kein Haar gekrümmt wurde. Er behauptet, gleich zurückgefeuert zu haben. Aber wie plausibel ist diese Aussage? Der Kronzeuge hat ja fest geschlafen, als der Schuss fiel. Er wacht auf und stellt fest, dass die Frau neben ihm im Bett nicht mehr lebt. Daraufhin springt er hinüber zu ihren Sachen, holt die Dienstwaffe aus dem Holster und gibt zwei Schüsse Richtung Fenster ab? Und was tut der Schütze draußen im Garten während dieses Zeitraums? Er hätte genügend Zeit gehabt, um auch Pflüger zu treffen.«

»Vielleicht hat er es ja versucht«, gab Roland zu bedenken. »Doch wenn der Attentäter sein Ziel verfehlt hat, wären die Kugeln in die Schlafzimmerwände eingedrungen. Außerdem – aus der Dienstwaffe *wurde* vor kurzem gefeuert. Ich habe an der Mündung gerochen, bevor ich die Pistole den Kriminaltechnikern gab.«

Schröders Smartphone klingelte. Er machte eine entschuldigende Geste und wollte hinausgehen. Doch als er das Telefonat annahm, hellte sich seine Miene auf.

»Frau Lohmann! Ich freue mich sehr, von Ihnen zu hören. – Ja, ich bin momentan auf Juist. Ich schalte den Lautsprecher ein, damit die hiesigen Kollegen dem Gespräch folgen können.«

Antje und Roland kannten die BKA-Kollegin nicht persönlich. Trotzdem waren sie erleichtert, dass die Kommissarin nach dem heimtückischen Angriff schon wieder mit Schröder sprechen konnte. Birte Lohmanns Stimme klang zerknirscht: »Es tut mir leid, Herr Schröder. Ich habe mich wie eine Anfängerin benommen. Mir hätte klar sein müssen, dass Pflüger einen miesen Trick versuchen würde.«

»Niemand ist unfehlbar«, betonte der Hauptkommissar. »Sind Sie über den aktuellen Stand der Ermittlungen im Bilde?«

Die Personenschützerin verneinte. Daraufhin schilderte Schröder ihr kurz, was sich nach der Ankunft von Pflüger und Kea Hagen auf der Insel ereignet hatte. Es entstand eine kurze Pause, bevor Birte Lohmann etwas erwiderte: »Warum lebt Pflüger noch? Die Frau, die mich ersetzen sollte, war doch für Theo Sottek gar keine Bedrohung.«

Und wenn Sottek den Mord gar nicht in Auftrag gegeben hat? Diese Frage spukte Antje durch den Kopf, während sie dem Wortwechsel zwischen den beiden BKA-Kollegen folgte.

»Wir haben die Ermittlungen gerade erst aufgenommen«, sagte Schröder. »Bitte schildern Sie uns, woran Sie sich noch erinnern können, bevor Sie außer Gefecht waren.«

»Pflüger benahm sich völlig normal. Er schien dankbar dafür zu sein, dass wir ihn bis zum Prozessbeginn auf der Insel verstecken wollten. Mehrfach beteuerte er, sein kriminelles Leben hinter sich lassen zu wollen. Vielleicht bin ich wirklich auf den Schmus hereingefallen, er war so überzeugend. Auf jeden Fall dachte ich mir nichts dabei, als er eine Kaffeepause vorschlug. Vor dem Ablegen der Juist-Fähre war ja noch genügend Zeit. Also besorgte ich uns in dem Fährterminal zwei Becher Kaffee.«

»Bei der Gelegenheit muss Kea Hagen Ihr Getränk präpariert haben, Frau Lohmann. Pflüger wurde vor der Abreise gründlich durchsucht, von ihm kann die Substanz nicht gekommen sein.«

»Das vermute ich ebenfalls. Seit ich wieder bei klarem Verstand bin, habe ich wieder und wieder über die Situation nachgedacht. Als ich den Kaffee geholt hatte, bat Pflüger um

66

Milch und Zucker. Ich ging noch einmal zum Kiosk zurück. Diesen kurzen Moment muss die falsche Schlange genutzt haben. Ich hatte meinen Becher noch nicht einmal zur Hälfte ausgetrunken, als mir schwindlig wurde. Es fühlte sich an wie eine Kreislaufstörung. Ich ging auf die Damentoilette, um mir das Gesicht mit kaltem Wasser zu waschen. Dann erlitt ich einen Filmriss. Als ich wieder aufwachte, lag ich in einem Krankenhausbett.«

»Sie konnten nicht damit rechnen, dass Pflüger einen Fluchtversuch unternehmen würde«, betonte der Hauptkommissar. »Er sitzt jetzt hier auf Juist in der Arrestzelle, insofern ist sein Plan auf der ganzen Linie gescheitert.«

»Ich bin noch krankgeschrieben, aber ich möchte helfen«, bot Birte Lohmann an.

Schröder erwiderte: »Das wird nicht nötig sein, die Kollegen von der Insel haben schnell und umsichtig gehandelt. Fahren Sie nach Wiesbaden zurück, sobald es Ihr Zustand erlaubt.«

Man konnte der Personenschützerin anhören, dass sie von diesem Vorschlag nicht begeistert war. Doch sie fügte sich und wünschte den Ermittlern einen baldigen Aufklärungserfolg.

»Ich kann verstehen, wie sie sich fühlt«, sagte Antje, nachdem der Hauptkommissar das Telefonat beendet hatte. »Es muss ein mieses Gefühl sein, so hinter das Licht geführt zu werden. Außerdem hätte der Chemiecocktail, den die Kollegin geschluckt hat, noch Schlimmeres anrichten können.«

»Ja, zum Glück verfügt Frau Lohmann über eine eiserne Konstitution«, sagte Schröder. Nun gab es eine weitere Unterbrechung, diesmal durch das Funkgerät. Antje ging zu dem Apparat hinüber und griff zum Mikrofon.

»Polizeistation Juist.«

»Moin, hier spricht Kapitän Lauersen von der Küstenwache. Wir haben die von Ihnen gesuchte *Mellow Rose* gestoppt. Der Eigner leistete keinen Widerstand, allerdings haben wir bei ihm eine Schusswaffe gefunden. Wir nehmen die Yacht in Schlepptau und treffen morgen früh im Juister Hafen ein, dann übergeben wir Ihnen den Verdächtigen.«

***

Diese Nachricht hob die Stimmung bei den drei Ermittlern. Roland stand auf.

»Ich werde jetzt bei *Frankies Grill* eine Mahlzeit für unseren Logiergast holen«, verkündete er. »Niemand soll uns nachsagen, dass wir einen wertvollen Kronzeugen hungern lassen.«

»Wenn Pflüger etwas zwischen die Kauleisten bekommt, sollten wir nicht zurückstecken«, meinte der Hauptkommissar. »Daher möchte ich euch beide gern zum Essen einladen.«

Die Inselpolizisten nahmen das Angebot gern an. Während Antjes Kollege sich zu der beliebten Imbissstube begab, sprach sie mit Schröder weiter über den Fall.

»Wie gut kennst du diese Kea Hagen, Werner? Mir kam es so vor, als ob zwischen ihr und Pflüger eine gefühlsmäßige Bindung besteht. Oder gehörte sie zu den Frauen, die gleich am ersten Abend mit einem Mann ins Bett gehen? Pflüger hat behauptet, sie schon länger zu kennen. Aber ich glaube diesem Kerl grundsätzlich erst einmal gar nichts.«

Da die Kommissarin an ihrem PC saß, rief sie in den polizeilichen Datenbanken die Akte des Mordopfers auf. Kea Hagen war mehrfach vorbestraft, wegen schweren Diebstahls, Betrug und Urkundenfälschung. Ihr harmloses Aussehen hatte zweifellos zu ihrem kriminellen Erfolg beigetragen. Antje erinnerte sich an den Moment, als sie den Kronzeugen und dessen angebliche Personenschützerin zum ersten Mal gesehen hatte. Die Kommissarin wäre niemals auf den Gedanken gekommen, dass Kea Hagen *keine* Polizistin sein könnte.

»Ja, Pflüger hat uns gewaltig verschaukelt. – Leider habe ich Kea Hagen selbst noch niemals verhaftet. Zum engeren Kreis um Sottek gehörte sie definitiv nicht, diese Personen haben wir alle im Visier. Auf jeden Fall war sie kaltblütig genug, um eine erfahrene BKA-Beamtin zu überwältigen. Womöglich hat Kea Hagen noch viel mehr Verbrechen auf dem Kerbholz und ist bisher nur selten erwischt worden.«

Antje nickte und sagte: »Für deine Annahme spricht, dass ihre letzte Haftstrafe drei Jahre zurückliegt. Laut diesen Informationen hier wollte sie sich nach ihrer Entlassung als Vertreterin für Kosmetikprodukte versuchen. In einem solchen Job lässt sich nur schwer kontrollieren, ob sie wirklich auf Verkaufstour ist oder nicht vielleicht doch lieber ein paar krumme Dinger dreht.«

»Wir müssen unbedingt mehr über Kea Hagen in Erfahrung bringen«, betonte Schröder. »Sie war keinesfalls ein Zufallsopfer. Und wir dürfen uns nicht zu sehr auf Sottek einschießen. Womöglich hat dieser Gangster gar nichts mit ihrem Tod zu tun.«

»Für einen Killer wäre es ein Leichtes gewesen, beide Personen auszuschalten«, dachte die Kommissarin laut nach. »Also lebt Pflüger noch, weil er für jemanden wertvoll ist. Aber für wen?«

»Ja, das ist ein guter Ansatz«, lobte der Hauptkommissar. »Wir müssen nicht nur fragen, wer getötet wurde – sondern auch, wer *nicht* sein Leben lassen musste.«

»Steht denn wirklich fest, dass die Sottek-Gruppe durch Pflügers Aussage zusammenfallen würde wie ein Kartenhaus?«

»Ja, Antje. Allerdings war Pflüger lange Jahre so etwas wie ein Kronprinz für den alten Theo Sottek. Sein geplanter Verrat wird diesen Schwerkriminellen ins Mark getroffen haben. – Womöglich ist Pflüger für die Sotteks wertvoller, wenn er am Leben bleibt. Daran hatte ich ehrlich gesagt noch gar nicht gedacht.«

»In dem Fall müssen wir damit rechnen, dass ein Befreiungsversuch unternommen wird«, gab die Kommissarin zu bedenken. Diese Vorstellung bereitete ihr Kopfzerbrechen, wie sie sich eingestehen musste. Die Juister Polizeiwache war in einem normalen Einfamilienhaus untergebracht, von hochmodernen Sicherheitsvorkehrungen konnte keine Rede sein. Antje zuckte unwillkürlich zusammen, als nun die Tür aufgestoßen wurde. Erleichtert registrierte sie, dass Roland mit dem Essen für den Gefangenen zurückkam.

»Ich gehe davon aus, dass alle Ganoven gern Currywurst mit Pommes frites essen.«

Mit dieser trockenen Bemerkung auf den Lippen ging er zu dem schmalen Flur hinüber, von dem die Arrestzelle abzweigte. Schröder warf der Inselpolizistin einen prüfenden Blick zu. Ob er spürte, was in ihr vorging?

»Theo Sottek wird es nicht wagen, uns frontal anzugreifen«, vermutete der Hauptkommissar. »Er ist ein listiger Fuchs, außerdem gehört er noch zur alten Schule. Gangster wie Sottek versprechen sich mehr davon, Polizisten zu bestechen, als sie zu töten.«

Darauf erwiderte Antje nichts. Bisher hatte noch niemand versucht, sie durch Geld oder teure Geschenke zu beeinflussen. Allerdings war Juist bisher für das organisierte Verbrechen ein weißer Fleck auf der Landkarte gewesen.

Doch diese Zeiten sind nun anscheinend vorbei, dachte sie. Als Roland aus der Gewahrsamszelle zurückkehrte, brachen die drei Ermittler zum Essen auf. Die Kommissarin hatte ein mulmiges Gefühl dabei, Pflüger allein zu lassen. Doch sie verkniff sich eine entsprechende Bemerkung, denn sie wollte nicht als Angsthäsin gelten. Stattdessen sagte sie: »Ich schlage vor, dass wir ins *Piratennest* gehen.«

»Ich bin fremd hier und für alles offen«, erwiderte Schröder. »Als ich vor Jahren hier im Urlaub war, habe ich dieses Lokal noch nicht besucht.«

»An Gastronomie herrscht auf Juist kein Mangel«, meinte Roland.

Wenig später betraten sie das Lokal in der Strandstraße. Die Ermittler nahmen an einem der Holztische Platz. Am Fenster hatten sie einen Panoramablick auf die Umgebung und die vorbeiflanierenden Urlauber. Antje entschied sich für Penne Arrabiata, Roland wollte den Juister Pannfisch Spezial und Schröder gab der Pizza Salami eine Chance. Dazu tranken sie alkoholfreies Bier.

Antje schaute so lange versonnen aus dem Fenster, bis ihr Kollege sie fragte: »Woran denkst du?«

»Ich frage mich, ob die Küstenwache Kea Hagens Mörder bereits verhaftet hat. Immerhin wurde bei ihm eine Schusswaffe sichergestellt.«

»Falls Sievers mit dieser Pistole getötet hat, wird die Kriminaltechnik es ihm eindeutig nachweisen können«, sagte der Hauptkommissar. Das wusste Antje natürlich auch. Sie saß ihm gegenüber. Plötzlich verhärteten sich seine Gesichtszüge, er kniff die Augen zusammen. Die Kommissarin bekam ein flaues Gefühl in der Magengrube. Unheil schien heraufzuziehen. Hinter ihr ertönte eine dunkle Männerstimme.

»Guten Abend, Herr Schröder.«

Der Hauptkommissar atmete tief durch, bevor er antwortete.

»Guten Abend, Herr Sottek.«

Kapitel 7

Antje drehte sich um. Sie kannte den Kopf der Sottek-Gruppe nicht persönlich, doch natürlich hatte sie sich in Gedanken ein Bild von ihm gemacht. Aber dieser freundliche ältere Herr, der nun an ihren Tisch getreten war, entsprach so gar nicht ihrer Vorstellung von einem brutalen Gangsterboss.

Theo Sottek war höchstens mittelgroß und untersetzt. Er trug eine beige Leinenhose sowie ein weißes Polohemd und eine leichte karierte Strickjacke. Mit diesem unauffälligen Freizeitlook unterschied er sich nicht von anderen Juist-Touristen seiner Altersklasse. Die Kommissarin schätzte den Graukopf auf ungefähr sechzig Jahre.

Einen Schritt hinter ihm wartete ein durchtrainierter Finsterling im dunklen Jogginganzug. Er schnitt eine Grimasse, als ob er die drei Polizeibeamten am liebsten sofort über den Haufen geschossen hätte. Dieser Mann entsprach schon eher Antjes Vorstellung von einem skrupellosen Berufsverbrecher.

»Wollen Sie mir Ihre Kollegen nicht vorstellen, Herr Schröder?«, fragte Sottek mit sanfter Stimme. Die Inselpolizisten waren in Uniform, daher konnte der Alte ohne große Kombinationsgabe ihren Beruf schlussfolgern. Doch es war auch sehr gut vorstellbar, dass Sottek und sein Handlanger die Ermittler bereits seit längerer Zeit beobachtet hatte.

»Das sind Kommissarin Fedder und Kommissar Witte von der Juister Polizei«, sagte Schröder mit erzwungener Ruhe. »Hat Ihr Begleiter seine Zunge verschluckt? – Rebe, sind Sie eigentlich noch auf Bewährung?«

Der Muskelmann gab nur einen knurrenden Laut von sich. Sprechen schien nicht zu seinen bevorzugten Betätigungen zu gehören. Antje konnte sich lebhaft vorstellen, dass er am liebsten mit seinen Fäusten kommunizierte. Sottek lächelte, und in diesem Moment sah er nach Meinung der Kommissarin wirklich wie ein gütiger Großvater aus Er sagte: »Tom Rebe hat eine Anstellung als mein Privatsekretär gefunden. Ich halte die Resozialisierung von gestrauchelten jungen Menschen für eine der wichtigsten gesellschaftlichen Aufgaben.«

»Herr Sottek ist nämlich Geschäftsführer eines florierenden Import-Export-Unternehmens«, gab der Hauptkommissar mit ironischem Unterton von sich.

»Und Al Capone war bekanntermaßen Inhaber eines Gebrauchtmöbelhandels«, meinte Antje. Daraufhin brach Sottek in Gelächter aus.

»Ihre junge Kollegin hat ja Humor, Herr Schröder! Das ist bei der Polizei leider selten. – Frau Fedder, ich hatte aufgrund von böswilligen Verleumdungen schon öfter mit dem Bundeskriminalamt zu tun. Glücklicherweise leben wir in einem Rechtsstaat, die Justiz schützt einen unschuldigen Bürger wie mich vor haltlosen Anschuldigungen. Verbringen Sie auch ein paar erholsame Tage auf dieser schönen Insel?«

Die letzte Frage war wieder an den Hauptkommissar gerichtet. Antje konnte sich vorstellen, dass Schröder dieses Katz-und-Maus-Spiel verabscheute. Das hätte sie jedenfalls an seiner Stelle getan. Doch solange Sottek nichts nachgewiesen werden konnte, konnte dieser scheinheilige Kerl seine dunklen Machenschaften weiter betreiben.

Schröder schüttelte den Kopf.

»Ich bin dienstlich auf Juist. Hier hat sich ein Mord ereignet.«

»Ein Mord?«, echote Sottek mit vorgetäuschtem Entsetzen. »Das ist ja schrecklich. Wann hat sich dieses Verbrechen denn ereignet?«

»In der vorigen Nacht.«

Der Alte zuckte mit den Schultern.

»Leider sind Tom Rebe und ich erste heute Vormittag mit der Fähre eingetroffen. Falls Sie also auf den Gedanken kommen sollten, uns mit der Tat in Verbindung zu bringen ...«

Sottek ließ den Satz unvollendet.

»Wird Ihre Pizza nicht allmählich kalt?«, fragte Roland, der sich bisher zurückgehalten hatte. Er deutete auf den weiter entfernten Tisch, von dem die beiden Kriminellen herübergekommen waren.

»Ja, wir wollen Sie nicht länger stören. Es ging mir nur darum, einem alten Bekannten kurz Hallo zu sagen. – Wir sehen uns noch, Herr Schröder.«

Mit diesen Worten drehte Sottek sich um und schlenderte gemütlich zu dem anderen Tisch. Rebe folgte ihm, so wie ein Pitbull seinem Herrchen nachläuft.

Antje stieß langsam die Luft aus den Lungen. Als die beiden außer Hörweite waren, öffnete sie den Mund.

»Was wollte Sottek mit diesem Auftritt bezwecken? Sollen wir eingeschüchtert werden?«

»Es ist nicht ganz leicht, sich in seine Gedankenwelt zu versetzen«, erwiderte der BKA-Mann. Er schob seinen Teller von sich weg, der Appetit war ihm offensichtlich vergangen. Schröder fuhr fort: »Man darf diesen Mann auf keinen Fall unterschätzen. Wenn er so dumm wäre wie manche seiner Gefolgsleute, dann würde er schon längst hinter Gittern sitzen. Ihr müsst euch vor Augen halten, dass wir ihm noch nie etwas nachweisen konnten. Seine Komplizen würden Sottek niemals belasten. Ihr eisernes Schweigen ist das wichtigste Kapital seines verbrecherischen Unternehmens.«

»Nun wird mir erst richtig bewusst, wie wichtig Pflügers Aussage für die Justiz ist«, meinte Roland.

»Ist es nicht reichlich vermessen von Sottek, uns gegenüber so auf die Sahne zu hauen?«, wollte Antje wissen. »Wenn Pflüger jetzt etwas zustößt, dann muss doch unser erster Verdacht sofort auf ihn fallen. Oder besser gesagt auf diesen finsteren Muskelmann, der für ihn vermutlich die Drecksarbeit macht.«

Schröder schüttelte den Kopf.

»Sottek will beweisen, dass er stets das Heft in der Hand hat. Ich garantiere euch: Falls dem Kronzeugen etwas zustößt, werden Sottek und Rebe in dem Moment in Anwesenheit zahlreicher neutraler Zeugen an einem anderen Ort sein.«

»Und woher wissen wir, dass Pflüger nicht genau in diesem Moment massakriert wird?«

Mit diesen Worten sprang Antje auf. Die beiden Männer folgten ihrem Beispiel. Schröder zahlte schnell die Zeche, dann eilten die drei Beamten Richtung Polizeiwache. Je näher sie dem Gebäude kamen, desto stärker wurde Antjes Anspannung. War es sträflich leichtsinnig gewesen, den Gefangenen allein zu lassen? Wenn Pflüger nicht mehr lebte, würde sie sich das niemals verzeihen. Nach Sotteks selbstherrlichem Auftritt gönnte sie dem verbrecherischen Strippenzieher doppelt und dreifach eine rechtskräftige Verurteilung vor Gericht. Doch wenn Pflüger tot war …

Ihre Knie fühlten sich weich wie Pudding an, als sie das Wachlokal aufschloss. Einen Moment lang verharrte Antje und lauschte. Alle ihre Sinne waren darauf ausgerichtet, einen Eindringling wahrzunehmen. Es lag kein fremder Geruch in der Luft, das Schloss schien unangetastet zu sein, und es waren auch keine Spuren eines unberechtigten Eindringens zu sehen. Ihre Kehle fühlte sich trotzdem staubtrocken an. Sie schaltete das Licht ein, denn inzwischen war die Sonne längst über der Nordsee untergegangen. Gemeinsam mit Roland und Schröder ging sie zur Arrestzelle und schob die Sichtblende vor dem Türspion zurück. Die Zelle wurde von einer Neonröhre beleuchtet, die sich von innen nicht ausschalten ließ. Die Imbissmahlzeit schien den Kronzeugen ermüdet zu haben. Er lag unter einer Wolldecke auf der Pritsche und schnarchte leise vor sich hin. An seiner Lebendigkeit gab es keinen Zweifel, zumal er auch noch seinen linken Arm bewegte.

Antje fiel vor Erleichterung ein Stein vom Herzen.

***

Während der Nacht fand die Kommissarin nur wenig Ruhe. Wie sollte sie unbeschwert schlafen, solange das Leben des Kronzeugen akut bedroht war? Sotteks Auftritt war in ihren Augen eine arrogante Machtdemonstration gewesen. Der Kriminelle wollte zeigen, dass die Polizei Pflüger keineswegs vor ihm schützen konnte. Musste man den Mord an Kea Hagen womöglich auch unter diesem Gesichtspunkt betrachten? War der eiskalte Anschlag nur eine Ouvertüre für die noch zu verübende Bluttat?

Antje wälzte sich in ihrem Bett hin und her. Einmal döste sie kurz ein und schreckte hoch. Ihr Herz raste. Sie war der festen Überzeugung, dass Sottek vor ihrem Bett stand. Doch als sie die Nachttischlampe anknipste, entdeckte sie keinen Eindringling. Und es gab auch keinen Hinweis auf einen unerwünschten nächtlichen Besucher.

Um sechs Uhr früh gab die Inselpolizistin es auf, noch in den Schlaf finden zu können. Sie duschte kalt, und dieser Schock machte sie schlagartig hellwach. Nachdem Antje sich abfrottiert hatte, schlüpfte sie in eine frische Uniform und ging die Treppe hinunter, um ins Wachlokal zu gelangen.

Sie erschrak, als sie im Zwielicht der Morgendämmerung eine dunkle Gestalt erblickte. Doch im nächsten Moment entspannte sie sich, als sie ihren Kollegen und Freund erkannte. Roland hatte offensichtlich an seinem eigenen Schreibtisch geschlafen, vollständig bekleidet und mit dem Kopf auf den Unterarmen, die wiederum auf der Tischplatte ruhten.

Mit einer Mischung aus Ärger und Amüsement ging die Kommissarin zu ihm und schlug mit der flachen Hand auf die Schreibunterlage. Roland fuhr hoch, als ob ihn jemand mit kaltem Wasser überschüttet hätte.

»W-was ist los?!«, keuchte er.

Antje stemmte die Fäuste gegen ihre Hüften und erwiderte: »Das frage ich dich! Warum pennst du hier?«

»Ich habe Wache geschoben!«

»Ja, sicher. Du hast nicht gehört, wie ich die Treppe heruntergestiegen bin. Rebe hätte dir in aller Seelenruhe die Kehle durchschneiden können.«

»Mir ist ja nichts passiert. Aber …«

Roland beendete seinen Satz nicht. Stattdessen sprang er auf und rannte zur Arrestzelle hinüber. Gleich darauf kehrte er mit langsamerem Tempo zurück.

»Mit Pflüger ist auch alles in Ordnung. Er schläft immer noch. Oder schon wieder, wer weiß.«

»Ich habe mir auch Sorgen wegen unseres Logiergastes gemacht«, gestand Antje. »Wir sind schließlich für seine Sicherheit verantwortlich.«

»Wie man es nimmt«, erwiderte Roland. »Eigentlich hat ja das Bundeskriminalamt diese ganze Aktion eingefädelt, um den Kronzeugen bis zum Prozess in Sicherheit zu bringen.«

»Ja, aber Pflüger sitzt in *unserer* Arrestzelle.«

Diesem Argument hatte der Kommissar nichts entgegenzusetzen. Antje schaute ihn mitleidig an.

»Es war gewiss kein Vergnügen, am Schreibtisch zu nächtigen«, vermutete sie.

»Ich wäre lieber zu dir hochgekommen«, versicherte Roland treuherzig. Die Kommissarin musste lachen und kniff ihm in die Wange.

»Dir schwebte also eine heiße Liebesnacht vor? Dann hätten wir auch nicht viel Schlaf gefunden. Doch ich bezweifle, ob ich mit Pflüger im Erdgeschoss unter uns in Stimmung gekommen wäre. – Ich koche uns jetzt einen starken Tee, und du gehst schnell in deine Pension und rasierst dich. Momentan bist du wahrlich keine Zierde für die Juister Polizei.«

»Danke für die Blumen«, murmelte ihr Kollege und fuhr sich über das Stoppelkinn. »Aber du hast recht, ich schaue schnell in meiner Unterkunft vorbei und komme dann gleich zurück.«

Roland verließ die Polizeiwache. Antje setzte Wasser für den Tee auf, während draußen das Inselleben allmählich in Gang kam. Ein Pferdefuhrwerk zockelte vorbei, irgendwo in der Nachbarschaft weinte ein Kleinkind. Juist war eine friedliche Welt, in der das organisierte Verbrechen nichts verloren hatte. Einen Moment lang ärgerte die Kommissarin sich über Schröder, weil Pflügers Anwesenheit nur auf seine Idee zurückzuführen war. Doch diese Überlegung war unsinnig, wie sie Augenblicke später erkannte. Irgendwo musste der Kronzeuge schließlich untergebracht werden.

Wenig später sah sie durchs Fenster den Hauptkommissar auf die Polizeiwache zusteuern. Sie öffnete ihm die Tür.

»Moin.«

Schröder trat ein, wobei er eine Grimasse schnitt.

»Ich wünschte, mein Morgen wäre erfreulicher verlaufen. – Rate mal, wer ebenfalls im Hotel Pacific eingecheckt hat und mir beim Frühstück begegnete.«

»Sottek und sein Schlägertyp!«

»Bingo.«

Antje hatte inzwischen die Teekanne mit heißem Wasser gefüllt. Sie holte auch für den BKA-Kollegen eine Tasse und stellte sie auf den Schreibtisch.

»Die Gangster haben sich also im Hotel Pacific eingemietet? Das ist in anderer Hinsicht sehr interessant«, meinte sie.

»Ich kann dir nicht folgen, Antje.«

»Als ich dir eine Unterkunft besorgen wollte, war die ganze Insel praktisch ausgebucht. Das Zimmer im Pacific hast du nur bekommen, weil ein Gast kurzfristig erkrankte und stornieren musste. Alle anderen Zimmer und Suiten waren reserviert.«

»Ich verstehe! Wenn Sottek erst gestern Morgen angereist ist, muss er schon vor diesem Zeitpunkt die Zimmer für ihn selbst und Rebe gebucht haben. Also wusste er, dass wir Pflüger auf Juist verstecken wollten.«

»Ja, das ist die einzige plausible Erklärung. Ich frage mich nur, wie Sottek es herausbekommen konnte«, sagte Antje.

»Das werden wir wohl nie erfahren«, seufzte Schröder. »Man kann leider nicht ausschließen, dass es beim BKA eine undichte Stelle gibt. Hinzu kommt, dass auch Pflüger selbst von dem Reiseziel wusste. Über seinen Anwalt kann er den Juist-Aufenthalt in die Welt hinausposaunt haben. Wenn seine Geschichte stimmt, wollte er ja sowieso nicht auf der Insel bleiben, sondern sich mithilfe von Kea Hagen absetzen.«

»Ich werde aus Sottek nicht schlau«, gestand Antje. »Sein gestriges Auftreten war doch eine pure Provokation. Geht es ihm wirklich darum, uns am Nasenring durch die Manege zu führen? Was hat er davon? Wenn wirklich Sottek es war, der den Mord an Kea Hagen beauftragt hat – warum ist dann Pflüger noch am Leben?«

»Sottek will beweisen, dass Polizei und Justiz ihm nichts anhaben können«, betonte der Hauptkommissar. »Übrigens ist Pflügers Tod aus Sotteks Sicht gar nicht zwingend notwendig. Es reicht vollkommen, wenn er vor Gericht die Aussage verweigert.«

»Also wäre Kea Hagens Ermordung nur eine letzte Warnung für Pflüger gewesen?«, hakte Antje nach. Sie war skeptisch.

»Richtig. Übrigens wäre das eine Variante ganz nach Sotteks Geschmack. Jeder Dummkopf kann einen Mann zum Schweigen bringen, indem er ihn tötet. Doch eine so starke Einschüchterung, die einen Kronzeugen verstummen lässt – dadurch würde Sotteks Ansehen in der Unterwelt noch weiter zunehmen. Und dafür ist es natürlich vorteilhaft, wenn er dreist hier aufkreuzt und sozusagen Flagge zeigt.«

»Ich kann mir lebhaft vorstellen, wie die Ganoven uns auslachen werden«, grollte Antje. In diesem Moment kehrte Roland zurück. Er hatte Brötchen mitgebracht.

»Wer lacht uns aus?«, fragte der Kommissar, nachdem er Schröder begrüßt hatte.

»Niemand«, erwiderte seine Kollegin. »Sobald wir nämlich Kai Sievers' Geständnis haben, können wir auch Sottek wegen Anstiftung zum Mord belangen.«

»Du denkst also, dass Sievers die Seiten gewechselt und die Frau erschossen hat?«, vergewisserte Schröder sich, nachdem er einen Schluck Tee getrunken hatte.

»Das ist zumindest für mich die plausibelste Variante«, sagte Antje und fuhr fort: »Pflüger will sich von seinem Freund per Schlauchboot von der Insel abholen lassen. So weit, so gut. Doch Sievers wird von Sottek unter Druck gesetzt. Oder er verrät seinen Freund von sich aus, was weiß ich. Sottek befiehlt ihm, nur die angebliche Personen-schützerin zu erschießen. Sievers gehorcht, woraufhin Pflüger sich die Dienstwaffe schnappt und zurückfeuert. Aber er kann Sievers in der Finsternis weder erkennen noch treffen. Der Mörder rennt zum Schlauchboot zurück, fährt zu seiner Yacht und lichtet die Anker. Später wird er von den Kollegen der Küstenwache gestoppt, die bei ihm eine Pistole finden.«

»Ich bin mit deiner Geschichte einverstanden«, meinte Roland. »Allerdings hätte ich an Sievers' Stelle die Mordwaffe in die Nordsee geworfen, dann wäre mir nämlich nichts nachzuweisen gewesen.«

»Sievers ist nicht die hellste Kerze auf der Torte«, erklärte Schröder. »Antje hat recht, so könnte sich die Tat abgespielt haben. Wenn wir ein Geständnis von Sievers bekommen, wäre das natürlich vorteilhaft. Doch falls er wirklich auf Sotteks Lohnliste steht, sehe ich schwarz. Der Alte hat seine Leute im Griff.«

»Du kennst Sottek ziemlich gut, nicht wahr?«

»Ja, Roland. Ich habe schon mehrfach versucht, eine wasserdichte Anklage gegen ihn aufzubauen. Doch an dieser harten Nuss musste ich mir bisher immer die Zähne ausbeißen.«

Antje schaute auf die Uhr.

»Der Kapitän des Küstenwachboots kennt die Gezeiten. Bald setzt die Flut ein, dann kann sein Fahrzeug in den Juister Hafen einlaufen. Wir sollten uns dort einfinden. Ich möchte verhindern, dass Sievers von einer Kugel aus dem Hinterhalt getroffen wird. Vorher ist aber noch Zeit für das Frühstück unseres Logiergastes.«

Sie belegte zwei Brötchen mit Mettwurst und Käse. Dann brachte sie die Mahlzeit zusammen mit einem Becher Tee in die Arrestzelle.

Pflüger war schon wach. Er hatte sich gerade an dem kleinen Waschbecken das Gesicht gewaschen. Wie das blühende Leben schaute er nicht gerade aus, aber das wäre wohl nach einer Nacht in der Arrestzelle auch zu viel verlangt gewesen.

»Moin, Pflüger. Sie werden nie erraten, wen wir gestern beim Abendessen getroffen haben.«

»Vermutlich reiben Sie es mir gleich unter die Nase, Frau Fedder.«

»Theo Sottek und sein Bluthund Rebe haben uns freudig begrüßt.«

Natürlich hätte die Kommissarin dem Kronzeugen die Begegnung verschweigen können. Doch sie entschied sich dagegen. Es kam ihr darauf an, Pflügers Reaktion zu beobachten. Seine Gesichtszüge erschlafften. Der Ganove ließ sich auf die Kante seiner Pritsche sinken und umklammerte die Kante mit beiden Händen. Sein Griff war so fest, dass die Haut über den Fingerknöcheln weiß wurde. Sein linkes Auge begann nervös zu zucken.

»Ich bin erledigt«, murmelte er mit belegter Stimme.

Antje hatte das Frühstückstablett auf das an die Wand geschraubte Tischchen gestellt. Sie hakte nach: »Wir können Sie nur dann beschützen, wenn Sie uns nichts mehr verschweigen. Glauben Sie, dass Sottek den Mord an Kea Hagen veranlasst hat?«

Der Kronzeuge blickte zu der vor ihm stehenden Inselpolizistin auf. In diesem Moment tat er ihr fast leid.

»Zuzutrauen wäre es ihm, Frau Fedder. Sottek muss irgendwie herausgefunden haben, dass ich in Kea verliebt war. Er hat sie umlegen lassen, um mich vor meinem eigenen Tod noch zusätzlich zu quälen.«

Kapitel 8

Einen Beweis konnte Pflüger natürlich nicht liefern, aber er kannte Sottek gut – was Antje nicht von sich behaupten konnte. Sie sagte: »Lassen Sie sich Ihr Frühstück schmecken. Und haben Sie keine Angst vor Sottek. Wir beschützen Sie.«

Diese Aussage schien den Kronzeugen nicht zu beruhigen. Er schüttelte den Kopf.

»Sie haben keine Ahnung, mit wem Sie sich angelegt haben.«

Antje war kein Mensch, der sich leicht ins Bockshorn jagen ließ. Wäre sie übertrieben furchtsam gewesen, hätte sie wohl niemals den Polizeiberuf ergriffen. Doch sie musste sich eingestehen, dass Sotteks dreistes Auftreten auch bei ihr Spuren hinterlassen hatte. Der Alte konnte nicht einfach nur ein Wichtigtuer und Aufschneider sein. In dem Fall wäre es dem Bundeskriminalamt nicht so ungeheuer schwergefallen, ihm seine Straftaten nachzuweisen. Sie kehrte zu ihren Kollegen ins Wachlokal zurück.

»Ich werde lieber hierbleiben, während ihr zum Hafen geht«, sagte Schröder. »Meine Anwesenheit dort ist nicht erforderlich. Ich glaube zwar nicht, dass Sottek einen offenen Angriff auf die Polizeiwache plant, aber bei diesem Kerl muss man auf alles gefasst sein.«

Damit waren die Inselpolizisten einverstanden. Da Roland in der Zwischenzeit Tatje Olsens Pension aufgesucht hatte, um sich dort zu rasieren, waren sie abmarschbereit. Diesmal begaben die beiden sich zu Fuß zum Hafen, denn sie konnten Sievers ja schlecht auf dem Rad-Gepäckträger mitnehmen.

»Sottek führt etwas im Schilde, und wir können nichts gegen ihn unternehmen«, sagte Antje, während sie auf der Bahnhofstraße Richtung Fährterminal gingen.

»Ja, damit müssen wir rechnen«, stimmte Roland zu. Er fuhr fort: »Es ist anders als sonst. Normalerweise müssen wir einen Täter suchen, nachdem ein Verbrechen geschehen ist. Der Mord an Kea Hagen hat sich ja leider schon ereignet, doch wir müssen noch mit einer weiteren Bluttat rechnen. Außerdem kennen wir den Verantwortlichen bereits, können ihm aber nichts am Zeug flicken.«

»Ja, so müssen sich die Kollegen vom Bundeskriminalamt seit Jahren fühlen«, gab die Kommissarin seufzend zurück. »Andererseits sollten wir uns nicht zu sehr auf Sottek einschießen. Womöglich gibt es eine Lösung, an die wir noch gar nicht gedacht haben.«

»Und wie könnte eine andere Variante lauten, Antje?«

»Das weiß ich auch nicht. So einen Fall hatten wir noch nie. Aber dadurch dürfen wir uns nicht entmutigen lassen.«

Roland warf ihr einen liebevollen Seitenblick zu und sagte: »Das tust du doch sowieso nie. Das ist eine der vielen Eigenschaften, die ich so sehr an dir schätze.«

»Wirklich? Und was fällt dir noch so alles ein?«

»Ich fange lieber gar nicht erst an, sonst ufert meine Schwärmerei zu sehr aus.«

»Spinner!«, erwiderte die Kommissarin und knuffte ihren Kollegen spielerisch in die Seite. Seine unbeschwerte Art tat ihr immer wieder gut, obwohl zweifellos auch Roland die momentane Lage keinesfalls auf die leichte Schulter nahm. Er war zwar locker, aber nicht verantwortungslos.

Vor dem Fährterminal versammelten sich bereits die Abreisenden, um ihre Gepäckstücke in die fahrbaren Container zu packen. In die Passagierräume der Fähre durfte nur Handgepäck mitgenommen werden. Die Inselpolizisten ließen den Trubel hinter sich und gingen zu den Anlegeplätzen links vom Fährhafen hinüber. Hier machte das Patrouillenboot der Küstenwache üblicherweise fest, wenn es den Juister Hafen anlief.

Das Handfunkgerät knackte. Antje hatte es mitgenommen. Im ersten Moment befürchtete sie, dass es in der Polizeiwache Schwierigkeiten geben würde. Doch es war ein Offizier der Küstenwache, der sie anfunkte.

»Wir haben Sichtkontakt mit der Insel und nehmen jetzt Kurs auf Juist«, teilte er der Kommissarin mit. Antje und Roland standen am Kai und schauten angestrengt Richtung Horizont. Und wirklich erblickten sie wenig später das Licht der weißen und roten Positionslaternen. Es dauerte nicht lang, bis die schlanke Silhouette des Schiffs zu sehen war.

Antje konnte ihre Ungeduld kaum noch bezähmen. Sie ertappte sich dabei, dass sie sich mehrfach umdrehte. Ihr war vollkommen bewusst, wen sie hinter sich vermutete.

Theo Sottek und dessen Handlanger.

Doch das kriminelle Gespann lag entweder gar nicht auf der Lauer oder hatte sich perfekt getarnt. Ob der Verbrecher wusste, dass Sievers inzwischen von der Küstenwache festgenommen worden war? Falls Sottek mit dem Verdächtigen in Funkkontakt stand und dieser sich nicht mehr meldete, konnte der Alte es sich zumindest denken.

Wie würde Sottek reagieren, wenn sein mutmaßlicher Komplize sich im Polizeigewahrsam befand? Ob der kriminelle Strippenzieher auch für diesen Fall vorgesorgt hatte?

Antje ermahnte sich selbst, nicht weiter zu spekulieren, sondern sich lieber an die Fakten zu halten. Das war in der momentanen Situation das Beste, was sie tun konnte.

Nach einem Zeitraum, der ihr wie eine halbe Ewigkeit vorkam, ging das Patrouillenboot am Kai längsseits. Zwei Matrosen sprangen an Land und vertäuten die Leinen an den Pollern. Die Gangway wurde auf das Kai geschoben, und ein Mann von der Küstenwache brachte den mit Handschellen gefesselten Verdächtigen zu den Inselpolizisten. Der Kollege grüßte und überreichte Roland einen Beweismittel-Beutel, in dem sich eine Pistole befand.

»Moin, die Waffe haben wir bei Sievers gefunden«, sagte er. Antje nahm den Gefangenen genauer in Augenschein. Sein Haar war von einer Farbe, die ihr Vater als *straßenköterblond* bezeichnet hätte. Er trug einen blauen Rollkragenpullover und schwarze Jeans, außerdem dunkle Leinenschuhe. Wenn er in dieser Aufmachung nachts auf Juist unterwegs gewesen war, hätte man Sievers außerhalb des Lichtkegels der Straßenlaternen kaum bemerken können. Antje schaute die beschlagnahmte Pistole nachdenklich an. Ob sie schon die Mordwaffe vor sich hatte? Die kriminaltechnische Untersuchung würde zweifelsfrei beweisen, ob Kea Hagen mit dieser Waffe getötet worden war oder nicht.

»Danke für die Amtshilfe«, sagte Roland zu dem Kollegen von der Küstenwache.

»Immer wieder gern.«

Mit diesen Worten tippte der Uniformierte gegen seinen Mützenrand und ging wieder an Bord. Die Inselpolizisten nahmen Sievers in die Mitte.

»Wir haben Ihren Freund Pflüger ebenfalls verhaftet«, sagte Antje zu dem Verdächtigen.

»Hat er Kea umgelegt?«

Die Kommissarin wunderte sich über Sievers' Frage. War ihm nicht bewusst, dass die Ermittler ihn des Mordes an der jungen Frau verdächtigten? Oder hoffte er, durch ein plumpes Ablenkungsmanöver Pflüger die Schuld in die Schuhe schieben zu können? Antje wollte diese Dinge nicht auf der Straße besprechen. Die neugierigen Blicke der Urlauber gingen ihr sowieso schon auf den Wecker. Zum Glück war der Weg vom Hafen bis zur Polizeiwache nicht allzu weit.

Schröder blickte auf, als die Kommissare zusammen mit dem Verdächtigen die Dienststelle betraten.

»Guten Morgen, Sievers«, sagte er. »Seit dem Elmshorn-Coup ist ein wenig Zeit vergangen. Erinnern Sie sich an mich? Haben Sie sich die Yacht von Ihrem Beuteanteil zugelegt?«

Der Ganove grinste breit.

»Ich weiß nichts von einer Beute, Herr Schröder.«

»Nein, selbstverständlich nicht«, gab der Hauptkommissar zurück. Er fuhr fort: »Dieser Raubüberfall interessiert uns heute nicht, wir wollen mit Ihnen über Pflüger und über Kea Hagen sprechen.«

Roland hielt den Beweismittelbeutel hoch und sagte: »Ich radele mal eben schnell zum Flugplatz, damit Sievers' Pistole möglichst bald kriminaltechnisch untersucht werden kann.«

»Ja, tun Sie das«, sagte der Verbrecher ungefragt, »dann wird sich nämlich zeigen, dass ich niemanden abgeknallt habe!«

Darauf erwiderte niemand etwas. Antje führte Sievers in den Verhörraum, Schröder kam ebenfalls dazu. Die Inselpolizistin nahm dem Verdächtigen die Handschellen ab und goss ihm ein Glas Mineralwasser ein. Dann sagte sie: »Wir vernehmen Sie als Beschuldigten des Mordes an Kea Hagen. Sie müssen sich nicht selbst belasten und können einen Rechtsbeistand hinzuziehen.«

»Das ist verrückt, ich habe niemanden umgebracht – und Kea schon gar nicht!«, behauptete der Kriminelle. Er hatte auf der einen Seite des Tischs Platz genommen, Antje und Schröder saßen ihm gegenüber.

Sievers fuhr fort: »Auf einen Anwalt kann ich verzichten. Ich vertraue einfach mal auf Ihre Laborratten. Die werden nämlich feststellen, dass aus meiner Waffe nicht auf Kea geballert wurde.«

»Das beweist überhaupt nichts«, stellte der BKA-Mann klar. »Sie können die eigentliche Mordwaffe irgendwo in die Nordsee geworfen haben. Es wäre nicht das erste Mal, dass ein Verdächtiger mehr als eine einzige Pistole besitzt.«

»Schon möglich – aber so war es nicht, Herr Schröder.«

»Dann erzählen Sie uns doch einfach, was sich während der Mordnacht wirklich abgespielt hat.«

Sievers nickte langsam, öffnete aber nicht sofort den Mund. Ob er sich gerade eine Lügengeschichte ausdachte? Als die Kommissarin ungeduldig zu werden begann, öffnete er den Mund: »Es war verabredet, dass ich Pflüger und Kea nach Mitternacht mit dem Schlauchboot abholen und an Bord der *Mellow Rose* bringen sollte. Allerdings verzögerte sich die Sache etwas, weil mir der Seegang zu stark war. Ich hatte den Wetterbericht gelesen und hoffte, dass der Wind nach Mitternacht abflauen würde.«

Die Aussage zur Wetterlage stimmte. Als Inselpolizistin war Antje stets gut über die Wind- und Wasserverhältnisse informiert.

»Wann sind Sie denn nun Richtung Juist aufgebrochen?«, wollte der Hauptkommissar wissen.

»Nach ein Uhr früh. Der Wind hatte nachgelassen. Ich warf einen Treibanker, stieg in das Schlauchboot und ruderte auf den Strand zu. Natürlich suchte ich nach einer Stelle, wo mich niemand bemerken würde.«

»Das dürfte um die Uhrzeit nicht schwer gewesen sein«, gab Antje trocken zurück. Sievers sagte: »Tatsächlich begegnete ich keiner Menschenseele, als ich zwischen den Dünen in den Ort schlich. Pflüger hatte mir zuvor die genaue Adresse des Ferienhauses mitgeteilt. Doch als ich dort eintraf, war die ganze Straße in hellem Aufruhr. Die Menschen standen mitten in der Nacht zusammen und redeten miteinander. Ich blieb in Deckung, konnte aber einige Wortfetzen aufschnappen. Es war von einem Mord und von einer Verhaftung die Rede. Ich wartete noch etwas. Natürlich war ich nicht so wahnsinnig, mit Pflüger erneut Funkkontakt aufzunehmen. Es hätte ja sein können, dass die Bul... äh, die Polizei das Gerät in die Finger bekommen hatte.«

»Also wollen Sie keine Schüsse gehört haben?«, vergewisserte die Kommissarin sich.

»Nee, aber dass geballert wurde, konnte ich den Gesprächen der Juister entnehmen. Ich wartete noch eine Zeit lang, bis die Leute wieder in ihre Betten gingen. Dann schlich ich zu dem Ferienhaus, in dem Pflüger und Kea angeblich untergebracht waren. Dort bemerkte ich ein polizeiliches Siegel an der Tür, außerdem waren die Fensterläden geschlossen.«

Antje überlegte. Sievers beschrieb die Situation, wie sie nach Pflügers Verhaftung tatsächlich gewesen sein konnte. Das musste allerdings noch lange nicht bedeuten, dass er die Wahrheit sagte. Sie hakte nach: »Sie fragten mich vorhin, ob Ihr Freund Kea erschossen hätte. Wie kommen Sie darauf?«

»Das habe ich mir zusammengereimt, als Sie Pflügers Verhaftung erwähnten. Wenn er hinter Gittern sitzt, kann er nicht tot sein. Und wenn Kea noch leben würde, hätte sie garantiert Kontakt mit mir aufgenommen.«

»Das ist ja eine schöne Geschichte, die Sie uns auftischen«, meinte Schröder. Er sagte: »Und wie gefällt Ihnen meine Version? – Sie wechseln die Seiten und dienen sich Sottek an, der in Ihren Kreisen hohes Ansehen genießt. Die Ausschaltung eines Kronzeugen ist eine hervorragende Chance für Sie, mit Ruhm und Ehre in seine Organisation aufgenommen zu werden. Vom Geldsegen will ich gar nicht reden. Also fahren Sie mit dem Schlauchboot zur Insel, schleichen sich zum Ferienhaus und töten zunächst nur

Pflügers Freundin, um ihm Schmerzen zuzufügen. Dann kehren Sie auf Ihre Yacht zurück und lichten den Anker.«

»Nein, so war es nicht!«, behauptete Sievers. »Und Pflüger ist mein Freund. Ich habe mich bereiterklärt, ihm bei seiner Flucht zu helfen.«

»Wie sollte es eigentlich weitergehen, nachdem Pflüger und Kea Hagen an Bord Ihrer Yacht gekommen wären?«

»Wir wollten hinüber nach Holland. Manche Frachter-kapitäne nehmen ein paar Passagiere mit, ohne sich deren Papiere genauer anzusehen. Ich habe Verbindungen zu einer Reederei, deren Schiffe regelmäßig zwischen Rotterdam und der Karibik verkehren. Auf einem solchen Kahn hätten die beiden mitfahren können. – Ehrlich, ich würde Pflüger niemals verraten.«

»Kommen wir noch einmal auf die Pistole zurück«, sagte Antje, die nichts auf Beteuerungen von Verbrechern gab. »Wenn wir Ihre Hand und Ihre Kleidung auf Schmauchspuren untersuchen, werden wir nichts finden?«

Sievers wand sich wie ein Aal. Es war offensichtlich, dass die Kommissarin mit ihrer Frage einen wunden Punkt berührt hatte.

»Naja, ich hab auf hoher See ein paar Schießübungen gemacht«, murmelte der Verdächtige.

»Also wurde aus der Pistole sehr wohl gefeuert«, stellte Schröder klar.

»Ja, aber nicht auf Kea!«

Antje wusste nicht, was sie von Sievers' Behauptungen halten sollte. Einerseits wirkte er glaubwürdig, andererseits hätte er durchaus ein Motiv für einen Mord in Sotteks Auftrag gehabt. Nach der Begegnung am vorigen Abend konnte die Inselpolizistin sich gut vorstellen, wie überzeugend der Alte gegenüber einem Schmalspurganoven wie Sievers auftrat.

Schröder ging noch auf einen anderen Gesichtspunkt ein: »Wissen Sie eigentlich, von welchem Geld Pflüger in der Karibik leben wollte? Oder hatte er vor, sich dort als Tellerwäscher zu verdingen?«

»Das müssen Sie ihn schon selbst fragen«, gab Sievers zurück. Ob der Hauptkommissar auf den nicht aufgeklärten Raubüberfall anspielte, von dem zuvor die Rede gewesen war? Antje wusste es nicht. Wenn dem Verdächtigen der Mord nicht nachgewiesen werden konnte, was blieb dann noch? Eine Anklage wegen unerlaubten Waffenbesitzes? Beihilfe zur Flucht eines Kronzeugen konnte man ihm schlecht vorwerfen, da die geplante Aktion ja gar nicht stattgefunden hatte. Ein guter Strafverteidiger würde eine solche Anklage leicht entkräften können. Da der Verdächtige die Bluttat nicht gestehen wollte, blieb momentan nur die Hoffnung auf Indizien mithilfe der Kriminaltechnik. Aber es gab noch einen Aspekt, den Antje bisher nicht beleuchtet hatte: »Wie war eigentlich Ihr Verhältnis zu Kea Hagen?«

Die Antwort kam mit einem Schulterzucken: »Wir kannten uns nicht besonders gut. Sie eignete sich für die Rolle der Polizistin, weil sie so brav und unauffällig aussah.«

Die Kommissarin ließ nicht locker: »Schon möglich, aber das Mordopfer war darüber hinaus sehr hübsch. Wollen Sie uns weismachen, dass Ihnen diese Tatsache entgangen ist?«

»Wie gesagt, ich hatte nicht viel mit ihr zu tun. Und über Geschmack lässt sich streiten. Klar, manche Kerle standen auf sie. Ich gehörte nicht dazu.«

»Das ist gelogen«, meinte Antje. Sie verließ sich ganz auf ihre Menschenkenntnis, von der sie selten getäuscht wurde. Als Polizistin bekam sie es mit den unterschiedlichsten Persönlichkeiten zu tun. Und es war ein beruhigender Gedanke, dass die wenigsten ihrer zwischenmenschlichen Kontakte mit Kriminellen stattfanden. Doch auch normale

Bürger hatten ihre kleinen Geheimnisse. Diese Tatsache bereitete der Kommissarin kein Kopfzerbrechen, solange nicht gegen Gesetze verstoßen wurde. Sie war in diesem Moment hundertprozentig sicher, dass Sievers seine wahren Gefühle für Kea Hagen verbergen wollte.

»Denken Sie doch von mir, was Sie wollen«, gab er verstockt zurück. »Kea hat mich nicht interessiert.«

Doch seine eigene Körpersprache strafte den Verbrecher Lügen, wie die Kommissarin fand. Sievers konnte nicht verhindern, dass ihm der Schweiß ausbrach. Er stürzte kurz hintereinander mehrere Schlucke von seinem Mineralwasser hinunter. Ansonsten drehte er das Glas unaufhörlich in der Hand, obwohl er bei den vorherigen Fragen stets die Ruhe selbst gewesen war. Aber seit es bei dem Verhör um Kea Hagen ging, war es mit seiner Gelassenheit vorbei.

»Womöglich wollte die junge Frau nichts von Ihnen wissen«, mutmaßte Antje. »Es kann sein, dass wir uns geirrt haben. Womöglich kam der Mordauftrag gar nicht von Sottek. Sie landeten wie verabredet auf Juist, gingen zum Ferienhaus. Dort brannte im Schlafzimmer Licht, und sie konnten Pflüger und Kea im Bett liegen sehen. Da brannten bei Ihnen die Sicherungen durch. Sie zogen ihre Pistole und …«

Sievers presste seine Fäuste gegen die Schläfen.

»Hören Sie auf!«, rief er. »Das ist kompletter Schwachsinn! Sie wollen Polizistin sein? Dann machen Sie Ihre Arbeit. Mit meiner Pistole wurde Kea nicht erschossen.«

»Wir kommen hier nicht weiter«, entschied Schröder. »Ich schaffe Sie aufs Festland, wo ein Richter über die Verhängung von Untersuchungshaft entscheiden wird. Sobald Ihre Waffe kriminaltechnisch analysiert wurde, wissen wir mehr.«

Der Verdächtige hüllte sich nun in verbissenes Schweigen. Roland kehrte vom Flugplatz zurück. Der Hauptkommissar telefonierte, um einen Lufttransport für Sievers nach Norddeich zu organisieren. Antje rief den Kutscher an, der schon am Vortag die Kriminaltechniker und Schröder abgeholt hatte. Zum Glück konnte der Insulaner sein Pferdegespann erneut für einen Personentransport zur Verfügung stellen.

»Ich begleite Sievers nach Norddeich und kehre dann sofort zurück«, sagte der Hauptkommissar zu den Inselpolizisten.

»Wir werden hier inzwischen schon die Stellung halten«, meinte Roland. Einige Zeit später ertönte das vertraute Geräusch von Pferdehufen und das Knarren von Wagenrädern. Antje legte Sievers erneut die Handschellen an. Ihr Kollege öffnete die Tür der Polizeiwache. Der Kutscher brachte seine Gespannpferde vor dem Gebäude zum Stehen.

Und auf der gegenüberliegenden Straßenseite kamen soeben zwei bekannte Personen aus Richtung Warmbadstraße.

»Guten Morgen! Was für ein herrliches Wetter für einen kleinen Spaziergang«, rief Sottek zu den Beamten hinüber.

Kapitel 9

Antje war normalerweise selten schlagfertig. Die Inselfriesin wählte ihre Worte mit Bedacht, und Zurückhaltung
betrachtete sie als eine positive Charaktereigenschaft. Doch
in dieser Situation wollte sie dem Kriminellen einfach
zeigen, dass sie sich nicht vor ihm fürchtete: »Guten
Morgen, Herr Sottek! Genießen Sie die frische Luft, solange
Sie es können. Wir müssen leider arbeiten, denn das
Verbrechen schläft nicht. Ich wünsche noch einen schönen
Tag!«

»Ebenso, Frau Fedder, ebenso«, gab der Alte zurück. Aus
seinem Mund hörte das Wort sich eher wie ein Fluch an.
Und sein Handlanger sagte überhaupt nichts, sondern
bedachte die Polizisten nur mit einem hasserfüllten Blick.
Während des kurzen Wortwechsels mit Sottek hatte die
Kommissarin Sievers nicht aus den Augen gelassen.
Arbeitete er nun für den verbrecherischen Strippenzieher
oder nicht? Natürlich wusste Sievers, wer Sottek war. Jeder
in seinen Kreisen hatte von dem kriminellen Urgestein
zumindest schon einmal gehört. Doch Sievers reagierte auf
Sotteks Erscheinen weder erschrocken noch erleichtert, eher
neutral.

Ich werde aus dem Knaben nicht schlau, dachte Antje
schlecht gelaunt.

»Wenn ihr wollt, dann fordere ich Verstärkung durch
BKA-Kollegen an«, sagte Schröder zu den Inselpolizisten.
»Mit dem Flugzeug können sie schnell hier sein.«

»Das ist nicht nötig«, betonte Antje. Natürlich hätte man
die Polizeiwache bis zum Strafprozess in eine Festung
verwandeln können, doch diese Möglichkeit ging ihr gegen
den Strich. Die Bürgermeisterin lag der Kommissarin
ohnehin ständig damit in den Ohren, bei der kleinsten
Schwierigkeit Unterstützung vom Festland heranführen zu

lassen. Antje wollte sich in ihre Arbeit nicht hineinreden lassen. Selbst dann nicht, wenn die Situation so angespannt war wie in diesem Moment. Schröder nahm ihre Antwort mit einem Nicken zur Kenntnis.

»In Ordnung, wie Sie meinen. Ich werde jedenfalls umgehend zurückkehren.«

Der Hauptkommissar stieg gemeinsam mit dem Verdächtigen in den Pferdewagen, und der Kutscher ließ die Zugtiere antraben. Roland blickte dem Gefährt hinterher. Sottek und Rebe waren inzwischen von der Bildfläche verschwunden.

»Glaubst du, dass der Alte eine krumme Tour versuchen wird?«, dachte der Kommissar laut nach, während die beiden wieder ins Wachlokal gingen.

»Sottek ist nicht dumm«, erwiderte sie. »Natürlich könnte er den Kronzeugen verschwinden lassen und uns alle aus dem Weg räumen. Doch wenn es auf Juist plötzlich drei tote Polizisten gibt, würde wahrscheinlich sogar seine Biedermann-Fassade bröckeln.«

Nach dieser Vermutung brachte Antje ihren Kollegen noch auf den neuesten Stand der Vernehmung, die in seiner Abwesenheit stattgefunden hatte. Roland runzelte die Stirn und sagte: »Sievers als eifersüchtiger Liebhaber, der aus enttäuschter Liebe die Waffe sprechen lässt? Gut, grundsätzlich wäre das möglich. Aber warum hat er dann nicht Pflüger über den Haufen geknallt? Ist das Band der Freundschaft zwischen den beiden so stark?«

»Besonders glücklich bin ich mit dieser Variante auch nicht«, gab Antje zu. »Außerdem wird dadurch Sotteks Anwesenheit auf der Insel nicht erklärt.«

»Ich halte Sievers für den Mörder«, meinte Roland. »Der Alte stiftet ihn zum Verrat an seinem Freund und zu der Bluttat an. Sottek hat die stärkste Motivation, Pflüger am Reden zu hindern. Wenn der Kronzeuge aussagt, fällt dadurch sein kriminelles Lebenswerk wie ein Kartenhaus in sich zusammen.«

»Einverstanden, aber warum ist Pflüger dann immer noch am Leben?«

»Frag mich bitte etwas Leichteres«, gab der Kommissar seufzend zurück. »Ich finde jedenfalls, dass wir den Kronzeugen nicht mehr allein lassen sollten. Es wäre gut, wenn einer von uns ab sofort stets in der Dienststelle bleibt, bis Pflüger nach Frankfurt geschafft wird.«

»Das wird wohl wirklich am besten sein«, stimmte Antje zu. »Ich möchte übrigens Sotteks Behauptung überprüfen, dass er und sein Gorilla gestern Morgen angereist sind.«

»Gut, dann behalte ich so lange unseren Logiergast im Auge«, erwiderte Roland. »Falls es Probleme gibt, stehen wir ja über Funk die ganze Zeit über in Verbindung.«

»Dann verschwinde ich jetzt«, meinte Antje, indem sie aufstand und ihre Dienstmütze aufsetzte. Sie hätte ihrem Freund gern einen Abschiedskuss gegeben, momentan waren sie schließlich im Wachlokal unbeobachtet. Aber sie verkniff sich diesen emotionalen Impuls. Erstens hatten die beiden schon zu Beginn ihrer Beziehung verabredet, Zärtlichkeiten während der Dienststunden zu unterlassen. Und zweitens war es besser, sich jetzt hundertprozentig auf den Fall zu konzentrieren.

Die Kommissarin hatte ein mulmiges Gefühl in der Magengrube, als sie sich auf ihr Fahrrad schwang und zum Hotel Pacific fuhr. Früher war es für sie selbstverständlich gewesen, ganz allein auf Juist für Ruhe und Ordnung zu sorgen. Doch seit die Polizeiführung eine zweite Planstelle geschaffen und diese mit Roland besetzt hatte, war der dunkelhaarige Kommissar in jeder Hinsicht zu ihrer »besseren Hälfte« geworden. Sie hatte sich schnell daran gewöhnt, den größten Teil ihrer Aufgaben mit ihm zusammen abzuarbeiten. Und ihre Freizeit verbrachten die beiden ohnehin gemeinsam.

Diese Gedanken schossen Antje durch den Kopf, während sie ihr Rad Richtung Schiffchenteich lenkte. Das Hotel Pacific befand sich in unmittelbarer Nähe zum Kurplatz. Nicht nur während der sommerlichen Konzerte war das ein beliebter Treffpunkt für die Urlauber. Von den Fenstern in den oberen Etagen des traditionellen Seebadhotels hatte man einen guten Überblick bis zum Hafen. Ob Sottek aus diesem Grund im Hotel Pacific eingecheckt hatte?

Die Kommissarin parkte ihr Dienstrad und betrat das im Karomuster gefliese Foyer. Der Beherbergungsbetrieb bestand seit über hundert Jahren, war aber erst vor kurzem von Grund auf renoviert worden. Dabei hatte man darauf geachtet, die nostalgische Atmosphäre mit wuchtigen Ölgemälden und Säulengängen aufrechtzuerhalten. Antje steuerte auf eine Angestellte zu, die hinter dem Rezeptionstresen arbeitete.

»Moin, ich benötige eine Auskunft über einen eurer Gäste.«

Die Inselpolizistin war mit der jungen Hotelkraft per Du. Antje hatte ein gutes Verhältnis zu den meisten Mitarbeitern in der Juister Hotellerie. Die Gäste erwarteten einen harmonischen und sicheren Aufenthalt im »Töwerland«, und dafür war ein guter Draht zur Polizei stets hilfreich.

»Um wen geht es denn?«, fragte die Rezeptionistin, während sie sich ihrem Computer zuwandte. Die Kommissarin nannte Sotteks und Rebes Namen. Die Frau nickte und sagte: »Ja, die beiden Herren sind gestern früh mit der Fähre angereist.«

Antje verspürte nur eine leichte Enttäuschung. Hatte sie wirklich angenommen, dass der gewiefte Kriminelle so dumm sein würde, bei einem nachprüfbaren Datum die Unwahrheit zu sagen? Sie hakte nach: »Kannst du auch nachvollziehen, wann die Reservierung vorgenommen wurde?«

»Ja, sie erfolgte telefonisch vor drei Wochen.«

Zu diesem Zeitpunkt lief beim Bundeskriminalamt die Vorbereitung für Pflügers Juist-Aufenthalt wahrscheinlich schon auf vollen Touren. Und Sottek hatte seine Maßnahmen ergriffen, sobald er von der Aktion Wind bekam. Die Kommissarin bedankte sich bei der Hotelangestellten und trat wieder in den sonnigen und windigen Insel-Vormittag hinaus. Sie wollte schon zur Polizeistation zurückkehren, als ihr Smartphone klingelte. Antje nahm das Gespräch entgegen, die Nummer sagte ihr nichts.

»Moin, Sie sprechen mit der Polizei Juist. Mein Name ist Fedder.«

Einen Moment lang waren nur das Kreischen der Möwen und das Rauschen der Brandung zu hören. Dann hörte Antje eine Frauenstimme.

»Hier spricht Lydia Pohl. – Störe ich Sie gerade?«

Die Anruferin hatte ihre Sätze stockend und zögernd hervorgebracht. Offenbar war sie seelisch immer noch nicht auf der Höhe. Darüber wunderte die Kommissarin sich allerdings nicht. Immerhin war Lydia Pohl von ihrem eigenen Ehemann verletzt und eingesperrt worden. So ein Erlebnis steckte man nicht so leicht weg.

»Nein, Sie stören mich nicht. Was kann ich für Sie tun?«

»Es gibt da etwas, das ich Ihnen erzählen möchte. Aber nicht am Telefon, wenn es geht. Oder haben Sie keine Zeit?«

»Doch, natürlich«, versicherte Antje, obwohl sie in Wirklichkeit tief in dem Mordfall Kea Hagen steckte. Doch Lydia Pohl war ein Verbrechensopfer, dem sie ihre Hilfe angeboten hatte. Wahrscheinlich kostete es diese Frau große Überwindung, sich überhaupt telefonisch zu melden. Daher wollte Antje sie nicht einfach abwürgen.

»Ich bin am Strand«, sagte Lydia Pohl. »Ich kann aber auch zur Polizeistation kommen, wenn Sie möchten.«

»Das ist nicht nötig, wir können uns gern am Strand treffen«, erwiderte die Inselpolizistin schnell. Sie vermutete, dass die Anruferin einfach nur von Frau zu Frau mit ihr reden wollte. Und das würde nicht funktionieren, wenn Roland und später auch Schröder anwesend waren. Daher ließ sie sich von Lydia Pohl möglichst genau beschreiben, wo sie sich aufhielt – denn an Strand herrschte auf Juist kein Mangel. Dann sicherte sie zu, möglichst bald zu erscheinen, und beendete das Telefonat. Bevor sie aufbrach, gab Antje ihrem Kollegen über Funk Bescheid, dass sie noch etwas zu erledigen hatte. Außerdem gab sie ihm die Information über Sotteks Inselaufenthalt durch.

»Es ist so, wie wir schon vermutet hatten«, erwiderte Roland. »Der alte Fuchs wollte auf jeden Fall hier sein, wenn Pflüger eintrifft.«

»Ja, darüber müssen wir noch sprechen. – Bis später.«

Antje steckte das Funkgerät wieder ein und machte sich auf den Weg Richtung Historisches Kurhaus. Lydia Pohl hatte gesagt, dass sie sich auf dem Strandabschnitt unterhalb des großen, hellen Gebäudes befinden würde. Die Kommissarin stellte ihr Rad bei dem ehemaligen Kurhaus, das nun als Hotel genutzt wurde, ab. Sie ging den Weg zwischen den Dünen entlang und ließ ihren Blick über den breiten Sandstrand schweifen. Jogger und Spaziergänger bewegten sich am Spülsaum, und einige Urlauber saßen einfach nur auf dem Boden und ließen die Sonne auf sich wirken. Im Hochsommer würde es hier richtig voll werden.

Antje entdeckte die Anruferin und ging zu ihr. Lydia Pohl hockte auf einem bunten Strandlaken, sie trug rote Leggings und ein knielanges weißes Kleid. Sie warf der Kommissarin einen dankbaren Blick zu.

»Ich freue mich, dass Sie gekommen sind. Momentan halte ich mich am liebsten im Freien auf. Im Ferienhaus erinnert mich alles an meinen Mann – und daran, wie er auf mich losgegangen ist.«

Antje ließ sich ebenfalls auf das Laken nieder und sagte: »Das muss ein Schock für Sie gewesen sein.«

»Ja, die ganze Nacht kam mir wie ein Alptraum vor, der nicht enden wollte. – Ich hatte Ihnen ja schon gesagt, dass ich mich vor Andreas gefürchtet habe und weggelaufen bin. Ich irrte ziellos über die Insel, bis er mich schließlich wiedergefunden hat. Doch da gibt es noch etwas anderes, das mir merkwürdig vorkam.«

»Ich bin ganz Ohr, Frau Pohl.«

»Als ich vor meinem Mann flüchtete, machte ich eine Verschnaufpause. Es war ja schon dunkel, deshalb weiß ich nicht genau, wo ich war. Ich hatte nur den menschenleeren Strand vor mir, das war beinahe unheimlich. Deshalb erschrak ich so, als ich plötzlich ein Boot erblickte.«

Antje horchte auf.

»Ein Boot?«

»Ja, und zwar ein Schlauchboot. Das konnte ich erkennen, weil die Wolken aufrissen und ich im Mondlicht eine bessere Sicht hatte. Ich duckte mich tiefer in die Sandkuhle, in der ich lag. Deshalb haben die Männer mich nicht bemerkt.«

»Es waren also Männer in dem Schlauchboot?«

»Ja, zwei. Sie zogen das Boot auf den Strand und schlichen dann Richtung Ort. Sie sprachen leise miteinander, ihre Worte konnte ich nicht verstehen. Mir blieb fast das Herz stehen, weil sie nur wenige Meter entfernt an mir vorbeigingen. Zum Glück haben sie mich nicht wahrgenommen. Ich bin sicher, dass diese Leute Böses planten.«

»Wie kommen Sie auf diesen Gedanken?«, wollte die Kommissarin wissen.

»Es war bereits kurz nach Mitternacht, als das Boot den Strand erreichte. Diese Männer wollten auf keinen Fall gesehen werden. Sie benutzten noch nicht einmal Taschenlampen, obwohl die Lichtverhältnisse wirklich schlecht waren. – Als Andreas mich später wieder einfing und mich verletzte, vergaß ich diese Beobachtung beinahe.«

»Das ist verständlich, Sie hatten genügend eigene Probleme«, stellte Antje klar.

Lydia Pohl nickte eifrig und sagte: »Ja, doch als Sie mich gerettet hatten und ich allmählich Ruhe fand, kam die Erinnerung wieder hoch. Beim Einkaufen hörte ich vorhin, dass es auf Juist einen Mord gegeben hat. Deshalb wollte ich Ihnen unbedingt von diesen nächtlichen Besuchern erzählen. Vielleicht ist es ja wichtig.«

Die Kommissarin machte sich bereits Notizen. Sie erwiderte: »Ja, wir sind für jeden Hinweis dankbar. Und Sie sind hundertprozentig sicher, dass es sich bei den Personen um Männer handelte?«

»Die Stimmen klangen dunkel, aber beschreiben könnte ich die Kerle nicht. Dafür war es einfach zu finster. Außerdem habe ich mich möglichst klein gemacht, um nicht gesehen zu werden.«

»Das ist nachvollziehbar. Können Sie mir sagen, wohin genau die Männer gegangen sind?«

»Leider weiß ich das nicht.«

Antje erhob sich.

»Sie haben uns einen wichtigen Hinweis geliefert, Frau Pohl. Es wäre gut, wenn Sie im Lauf des Tages zur Polizeistation kämen, damit wir Ihre Aussage schriftlich aufnehmen können.«

»Ja, das will ich gern tun. – Sind diese Männer Mörder?«

Zumindest einer von ihnen, dachte die Kommissarin. Sie sagte: »Zu laufenden Ermittlungen darf ich leider keine Auskunft geben. – Bleiben Sie noch länger auf Juist?«

»Wahrscheinlich werde ich morgen oder übermorgen abreisen, Frau Fedder. Ich musste mir erst einmal in Ruhe darüber klar werden, wie es nun für mich weitergehen soll. Ich werde die Scheidung einreichen.«

»Ich wünsche Ihnen alles Gute«, meinte Antje. »Wir sehen uns dann später auf der Polizeiwache.«

Mit diesen Worten lief sie zu ihrem Fahrrad zurück und düste im Eiltempo zur Dienststelle. Sie riss die Tür auf und rief: »Sievers hat uns nach Strich und Faden verschaukelt! Es ist gut möglich, dass er wirklich nicht selbst geschossen hat – weil es nämlich noch einen Komplizen gibt!«

Kapitel 10

Rolands Gesicht spiegelte deutlich seine Verblüffung wider. Offensichtlich hatte er nicht mit dieser Variante gerechnet, ebenso wenig wie Antje selbst. Wäre die Situation nicht so ernst gewesen, dann hätte die Kommissarin darüber lachen können. Sievers schien die Wahrheit gesagt zu haben, als er den Mord leugnete. Er hatte einfach nur verschwiegen, dass noch ein anderer Mann bei ihm gewesen war. Antje berichtete ihrem Kollegen, was sie soeben von Lydia Pohl erfahren hatte. Roland kratzte sich im Nacken. Seine Stimme klang nachdenklich. Er sagte: »Wenn diese Beobachtung stimmt, dann läuft der Mörder frei und ungehindert auf Juist herum. Sievers kann ihn nicht auf seiner Yacht mit zurückgenommen haben. Als die Küstenwache die *Mellow Rose* stoppte, war nur Sievers selbst an Bord. Andernfalls wären wir informiert worden.«

»Ja, das sehe ich genauso«, erwiderte Antje. »Die Zeugin konnte die beiden Männer leider nicht beschreiben, was angesichts der Begegnung in dunkler Nacht verständlich ist. Wir sollten Schröder sofort Bescheid geben, dass Sievers ein Lügenbold ist. Der Verdächtige hat einen Rechtsanwalt verlangt, mit dem er eine Verteidigungsstrategie austüfteln kann. Ich bezweifle, dass wir zeitnah eine wahrheitsgemäße Aussage von ihm bekommen.«

Der Kommissar schnippte mit den Fingern.

»Das macht nichts, denn wir haben doch einen erstklassigen Kenner von Sotteks Organisation als Logiergast in unserer Arrestzelle! Falls der Alte nicht gerade einen fremden Profikiller angeheuert hat, wird Pflüger uns gewiss die Namen von möglichen Verdächtigen nennen können.«

»Das ist eine gute Idee«, meinte die Kommissarin. »Allerdings verstehe ich nicht ganz, weshalb überhaupt eine zweite Person die Drecksarbeit erledigen sollte. Sievers besitzt selbst eine Waffe, er hätte auch schießen können.«

Roland hob die Schultern.

»Sottek wollte auf Nummer sicher gehen«, mutmaßte er. »Dem Alten muss bekannt gewesen sein, dass Pflüger und Sievers Freunde oder zumindest gute Kumpels waren. Wahrscheinlich hat es Sievers schon genug Überwindung gekostet, zum Verräter zu werden. Da wollte Sottek nicht noch riskieren, dass dieser Mann womöglich in letzter Minute kalte Füße bekommt.«

»Ja, das ergibt einen Sinn. – Lass uns hören, was unser Kronzeuge zu den Neuigkeiten sagt.«

Mit diesen Worten ging Antje zur Arrestzelle und öffnete die Tür. Pflüger hatte den Tee getrunken, aber kaum etwas gegessen. Er sah aus, als ob er dringend frische Luft brauchen könnte. Doch es wäre zu riskant gewesen, ihn nach draußen gehen zu lassen. Nach Lage der Dinge war er im Polizeigewahrsam immer noch am sichersten. Das kleine vergitterte Fenster der Zelle verfügte über eine Sichtblende. Selbst mit einem Scharfschützengewehr hatte man von draußen kein gutes Schussfeld, um dem unliebsamen Zeugen eine tödliche Kugel zu verpassen. Pflüger würde dennoch erst wieder ruhig schlafen können, wenn die Inselpolizisten den Mörder verhaftet hatten.

»Gibt es etwas Neues von Sottek?«

Pflügers Stimme zitterte leicht, als er diese Frage stellte. Antje zögerte. Sollte sie ihm erzählen, dass der Alte und dessen Handlanger schon am frühen Morgen an der Polizeistation vorbeigegangen waren? Sie entschied sich dagegen. Pflüger war ohnehin schon verängstigt. Es brachte nichts, ihn noch mehr in Panik zu versetzen. Die Kommissare waren jetzt auf seine Hilfe angewiesen, um nach dem Killer fahnden zu können.

»Nicht direkt«, antwortete sie daher, »wir wissen aber inzwischen, dass Sievers in der Mordnacht nicht allein war.« Antje erzählte auch dem Kronzeugen, was sie von Lydia Pohl erfahren hatte. Pflüger riss die Augen weit auf, er schüttelte den Kopf.

»Und Sie sind sicher, dass Ihre Zeugin sich nicht irrt?«, hakte er nach.

»Diese Frau hat keinen Grund, uns etwas vorzumachen. Und Sie müssen zugeben, dass diese Beobachtung plausibel ist.«

»Ja, ich konnte mir Sievers nicht als Keas Mörder vorstellen«, räumte Pflüger ein. »Sottek muss ihm einen Kerl mitgegeben haben, der über Leichen geht.«

»Wir müssen diesen Mann finden«, betonte Roland, der sich bisher zurückgehalten hatte. »Wen könnte Sottek beauftragt haben? Was meinen Sie?«

Pflüger legte den Kopf in den Nacken, er schien angestrengt nachzudenken. Nach einer Weile öffnete er wieder den Mund: »Meine erste Wahl wäre Rebe gewesen ...«

»Rebe ist erst gestern früh zusammen mit Sottek angereist. Zu dem Zeitpunkt war der Mörder schon auf der Insel«, gab Antje zu bedenken.

Pflüger nickte und fuhr fort: »Ja, es passt, dass der Alte Rebe als Leibwächter mitnimmt. Der Kerl ist ihm bedingungslos ergeben. Rebe wuchs ohne Eltern auf, geriet auf die schiefe Bahn. Eines Tages wollte er als halbwüchsiger Bengel Sotteks Bentley knacken. Der Boss war damals noch jünger. Er verpasste Rebe eine fürchterliche Abreibung und nahm ihn dann als eine Art Lehrjungen auf. Rebe verdankt Sottek buchstäblich alles. Er ist wie ein Sohn für ihn. Wenn Sie Sottek jemals verhaften, dann kann das nur über Rebes Leiche geschehen.«

»Wir hier auf Juist lösen unsere Fälle lieber unblutig«, erwiderte Antje ruhig. »Es ist ja sehr interessant, was Sie über Rebe wissen. Aber ihn können wir für den Moment ausschließen. Wer kommt Ihrer Meinung nach noch infrage?«

»Mir fallen auf Anhieb drei Halunken ein, die sich jederzeit für Sottek die Hände schmutzig machen würden«, antwortete Pflüger. Er fuhr fort: »Sie heißen Michael Henke, Lars Wiener und Carlos Sanchez. Sie alle haben jeweils schon mehrere Leben ausgelöscht. Sottek greift dann und wann auf sie zurück, wenn ihm jemand im Weg ist.«

Antje notierte sich die Namen. Abermals beschlich sie das ungute Gefühl, sich zu viel vorgenommen zu haben. Das war nicht die Art von Straftäter, mit denen sie es auf der friedlichen Nordseeinsel normalerweise zu tun bekam. Doch als Polizistin konnte sie sich ihre Aufgabe nicht auswählen. Wenn einer dieser Männer Kea Hagen erschossen hatte, würde sie ihn selbstverständlich überführen und verhaften.

»Wir sorgen dafür, dass der Mörder möglichst bald unschädlich gemacht wird«, versicherte Antje. »Falls Ihnen noch etwas einfällt, klopfen Sie einfach gegen die Tür.«

»Sie werden sicher tun, was Sie können«, gab der Kronzeuge zurück. Doch er klang ziemlich verzagt, wie die Kommissarin fand. Wahrscheinlich traute er den Inselpolizisten nicht zu, ihn vor einem Profikiller schützen zu können. Antje beschloss, sich von Pflügers Beklommenheit nicht anstecken zu lassen. Sie ging an ihren Schreibtisch und fuhr den PC hoch.

»Willst du die Namen durch unsere Datenbanken jagen?«, fragte Roland.

»Ja, mit etwas Glück ist einer oder mehrere von diesen Chorknaben bereits polizeilich in Erscheinung getreten«, antwortete sie. »Es wäre doch gut, wenn wir wenigstens erkennungsdienstliche Fotos für unsere Fahndung hätten.«

Ihr Kollege nickte.

»Pflüger scheint ziemlich verzweifelt zu sein«, meinte er. »Wahrscheinlich verflucht er bereits das Bundeskriminalamt, weil man ihn auf unserer Insel verstecken wollte.«

»Dann müssen wir ihm eben zeigen, dass diese Entscheidung *kein* Fehler war!«, fauchte Antje. Normalerweise entsprach so ein Ausbruch überhaupt nicht ihrer bedächtigen und disziplinierten Art. Und eigentlich hatte Roland ja gar nichts Schlimmes gesagt. Sie ärgerte sich vielmehr über sich selbst, weil sie sich von seinen Worten verunsichern ließ. Die Kommissarin war immer so stolz darauf gewesen, die Lage auf dem »Töwerland« unter Kontrolle zu haben. Momentan schienen ihr die Dinge zu entgleiten, und dieses Gefühl schätzte sie überhaupt nicht. Sie fügte schnell hinzu: »Entschuldige, ich wollte dir nicht über den Mund fahren.«

»Das ist schon vergessen.« Roland stand hinter ihr und legte seine Hand auf ihre Schulter. »Lass uns schauen, ob der Rechner etwas über dieses mörderische Trio ausspuckt.«

Antje war erleichtert, weil ihr Freund nicht eingeschnappt war. Außerdem tat ihr die Berührung gut, auch wenn sie nur kurz dauerte. Roland beugte sich vor und las mit, was auf dem Monitor erschien: »Michael Henke hat schon mal eine Strafakte, wie ich sehe. – Sein Spitzname lautet: *Der Henker?* Nicht sehr originell, aber passend. Eine Vorstrafe wegen schwerer Körperverletzung, damals noch unter Jugendstrafrecht. Dann eine Verurteilung wegen Totschlag im Affekt … da hatte er vermutlich seine Emotionen noch nicht so unter Kontrolle. Seit fünf Jahren ist Henke nicht mehr polizeilich in Erscheinung getreten. Ich vermute, dass er kein nützliches Mitglied der Gesellschaft geworden ist. Stattdessen lässt er sich einfach nicht mehr erwischen.«

»Das befürchte ich auch«, murmelte Antje. Sie betrachtete die erkennungsdienstlichen Fotos, die bei Henkes letzter Verhaftung gemacht worden waren. Sie zeigten einen Mann mit blonden kurzen Haaren und grünen Augen, der finster in die Kamera starrte. Laut der Akte war er eins achtzig groß und hundert Kilo schwer. Da sein Gesicht eher schlank wirkte, handelte es sich bei seinem Gewicht vermutlich größtenteils um Muskelmasse.

»Henke war zuletzt in Frankfurt gemeldet«, stellte Roland fest. »Wahrscheinlich kennt Schröder den Kerl, zumal Henke ja wohl zur Sottek-Gruppe gehört.«

Die Kommissarin schloss die Datei und suchte nun nach Lars Wiener. Ein Mann dieses Namens war polizeilich noch nicht in Erscheinung getreten. Als sie außerhalb der internen Datenbanken in allgemeinen Suchmaschinen nach ihm Ausschau hielt, fand sie mehrere Personen, die so hießen. Doch eine Verbindung zum organisierten Verbrechen fand sie nur schwer vorstellbar.

»Ein Augenarzt, ein Eisenbahner in Frührente, ein Hobbykoch – ich kann nicht glauben, dass einer von ihnen hinter seiner bürgerlichen Fassade ein Profikiller ist«, dachte Antje laut nach.

»Womöglich benutzt Wiener einen Decknamen für seine Mordaufträge«, schlug Roland vor. »Und wenn er noch niemals verhaftet wurde, ist er meiner Meinung nach viel gefährlicher als Henke. Das bedeutet nämlich, dass er bisher ungestraft davongekommen ist.«

»Das sind ja schöne Aussichten«, gab Antje seufzend von sich. »Also gibt es auch kein Foto von ihm. – Wir fragen nachher Pflüger, ob er Wiener beschreiben kann.«

Sie tippte nun den dritten Namen ein.

»Wenigstens Carlos Sanchez hat ein wasserdichtes Alibi für den Mord«, stellte Roland trocken fest, »er ist nämlich tot.«

Seine Kollegin nickte. Laut einer auf Englisch verfassten Mitteilung der Polizei in Córdoba war der mit internationalem Haftbefehl gesuchte Mörder Carlos Sanchez in der spanischen Stadt verhaftet und bei einem Streit im Gefängnis von einem Mithäftling erstochen worden – und zwar schon vor drei Monaten. Die Inselpolizistin zuckte zusammen, als es im nächsten Moment an der Tür läutete. Normalerweise litt die Kommissarin nur selten an Nervosität. Die aktuelle Situation belastete sie mehr, als sie sich selbst eingestehen wollte. Antje schaute durchs Fenster und stellte fest, dass Schröder zurückgekehrt war. Sie begrüßte den BKA-Mann mit einem Lächeln.

»Moin, das ging ja schnell.«

Der Hauptkommissar trat ein und erwiderte: »Ja, ich habe Sievers einfach nur den Kollegen in Norddeich übergeben und bin dann gleich zurückgeflogen.«

»Über diesen Mister Münchhausen haben wir Neuigkeiten erfahren«, meinte Roland. »Am besten erzählt Antje dir, was sie herausbekommen hat.«

Schröder schaute die Kommissarin erwartungsvoll an, und sie brachte ihn auf den neuesten Stand. Es gab eine kurze Gesprächspause, dann entgegnete der BKA-Beamte: »Eigentlich sollte ich mich nicht darüber wundern. Diese Vorgehensweise passt perfekt zu Sottek. Er konnte sich nicht darauf verlassen, dass Sievers nach seinem Seitenwechsel auch noch zum Mörder an Kea Hagen werden würde. Also drückte der Alte ihm einfach einen Begleiter aufs Auge, der das Auslöschen von Menschenleben als Beruf betrachtet.«

»Dieser Wiener scheint ein richtiges Phantom zu sein«, meinte Antje. »Glaubst du, dass Pflüger ihn persönlich kennt?«

»Finden wir es heraus«, antwortete der Hauptkommissar. Gleich darauf betraten die drei Ermittler wieder die Arrestzelle. Der Kronzeuge saß noch genauso da wie kurz zuvor. Er wirkte seltsam geistesabwesend. Ob das ein Anzeichen von Todesangst war? Antje wusste es nicht. Sein Vertrauen in den Schutz durch die Behörden schien jedenfalls nicht sehr groß zu sein. Oder litt er wirklich so stark unter dem gewaltsamen Tod von Kea Hagen?

Schröder kam sofort zur Sache: »Pflüger, was können Sie uns über Lars Wiener sagen?«

Der Kronzeuge blieb auf seiner Pritsche sitzen und hob langsam den Kopf, um dem vor ihm stehenden Hauptkommissar ins Gesicht blicken zu können.

»Soll Wiener mich umlegen?«

»Wir stellen hier die Fragen. – Aber es wäre zumindest eine Möglichkeit«, erwiderte Schröder.

»Ich bin Wiener nie begegnet, also kenne ich sein Aussehen nicht«, erklärte Pflüger. »Sottek hat gelegentlich mit ihm telefoniert, wenn ich dabei war. Ich habe mir zusammengereimt, dass er mit Wiener spricht. Er redete ihn mit dem Vornamen an, und ich sah einmal eine Überweisung auf ein Offshore-Konto, das auf Wieners Namen läuft.«

»Hat Sottek dabei sein Handy benutzt?«, wollte Antje wissen.

Pflüger nickte.

»Also müssten wir aus den Einzelgesprächsnachweisen oder aus dem Nummernspeicher die Verbindung zu Wiener nachweisen können«, meinte die Inselpolizistin.

Kapitel 11

Für einen Moment war es ruhig in der Zelle. Dann sagte Pflüger: »Glauben Sie wirklich, dass der Alte nicht daran gedacht hat?«

Die Kommissarin war der Meinung, dass man polizeiliche Maßnahmen nicht vor dem Ganoven besprechen musste. Darum bat sie ihre Kollegen, mit ihr zusammen wieder ins Wachlokal zu sehen.

»Ich sage es nicht gern, aber unser Logiergast könnte richtigliegen«, meinte Roland, nachdem er die Zelle wieder von außen verschlossen hatte. »Selbst wenn sich der Kontakt zwischen Sottek und Wiener noch durch die Handydaten nachweisen lässt – ich weiß nicht, warum dieser angebliche brave Bürger uns sein Gerät überlassen sollte. Wir können nichts gegen ihn vorbringen, es gibt noch nicht einmal den Anfangsverdacht einer Straftat. Und bekanntlich ist es nicht verboten, Urlaub auf Juist zu machen und diesen rechtzeitig zu reservieren.«

»Das stimmt«, meinte auch Schröder. »Außerdem gibt es ja noch Michael Henke, der ebenfalls für den Mord infrage käme. Wir sollten nicht den Fehler begehen, uns nur auf Wiener einzuschießen.«

»Bei Henke könnte uns sein unverwechselbares Aussehen in die Hände spielen«, bemerkte Roland trocken. »Mit seiner Visage könnte dieser Kriminelle glatt kleine Kinder erschrecken.«

»Es gibt noch einen weiteren Vorteil«, dachte Antje laut nach. Sie fuhr fort: »Unsere Gegenspieler wissen nichts von der Zeugin. Sottek denkt wahrscheinlich, dass Sievers unser einziger Mordverdächtiger ist.«

»Zu dem Thema habe ich noch eine neue Information«, erklärte der Hauptkommissar. »Bevor ich nach Juist zurückflog, konnte ich kurz mit dem kriminaltechnischen

Labor in Oldenburg telefonieren. Die Ballistik-Ergebnisse liegen nämlich inzwischen vor. Kea Hagen wurde weder mit Birte Lohmanns Dienstwaffe noch mit Sievers' Pistole erschossen. Das ließ sich relativ schnell feststellen, denn es handelt sich in beiden Fällen um Waffen mit Kaliber .38. Die tödliche Kugel, die aus der Brust des Opfers entfernt wurde, weist hingegen Kaliber .45 auf.«

»Also haben wir einen Killer mit einer großkalibrigen Pistole, der sich irgendwo auf unserer Insel verkriecht«, stellte Roland klar. »Und dieser Täter soll offenbar auch Pflüger ins Jenseits befördern.«

»Oder ihn an seiner Aussage hindern«, meinte Antje. Plötzlich wummerte Pflüger wie wild mit den Fäusten gegen die Metalltür der Zelle. Die Inselpolizisten und Schröder liefen sofort dorthin. Roland schob den Riegel zurück und riss die Tür auf.

Der Kronzeuge stand mitten in dem kleinen Raum. Er hielt einen Zettel in seiner zitternden Hand. Darauf stand: WER LEBEN WILL, SCHWEIGT VOR GERICHT.

***

Das Papierstück war durch das Fenster hineingeworfen worden. Es stand offen, denn in der Zelle wurde die Luft schnell stickig. Wegen der Sichtblende bestand keine Gefahr, dass durch das winzige Fenster ein gezielter Schuss abgegeben werden konnte. Aber es reichte offenbar, um eine Nachricht ins Innere der Polizeiwache zu befördern.

Antje zog ihre Waffe und rannte durch die Vordertür ins Freie. Dann umrundete sie das Haus. Hinter dem Gebäude war niemand. Entweder war der Verdächtige Richtung Deich oder Richtung Wilhelmstraße geflüchtet. Die Kommissarin suchte noch in der näheren Umgebung. Roland hatte sich inzwischen zu ihr gesellt.

»Schröder behält Pflüger im Auge«, sagte ihr Kollege zu ihr. »Wir müssen damit rechnen, dass die Botschaft nur ein Ablenkungsmanöver war.«

»Daran habe ich auch schon gedacht.«

Die Inselpolizisten mussten nach ein paar Minuten feststellen, dass sich niemand in der Nähe aufhielt.

»Wenn ich den Zettel in das Fenster gesteckt hätte, wäre ich danach sofort zum Deich gerannt«, dachte Antje laut nach. »Auf der anderen Seite hätte ich ein Fahrrad deponiert, das man von hier aus natürlich nicht sehen kann. Dann wäre ich schon einen Kilometer weit entfernt, bevor meine Verfolger die Deichkrone erreichen könnten.«

»Ja, so kann er es gemacht haben«, meinte Roland. »Lass uns den Zettel genauer betrachten.«

Die Kommissarin war enttäuscht, weil die Nahbereichsfahndung nichts ergeben hatte. Ihr Widersacher ging offenbar planvoll vor. Auch die Überbringung dieser Botschaft schien Teil einer größeren Operation zu sein, deren Sinn Antje noch nicht begriff. Sollte das Papier zur Einschüchterung des Kronzeugen dienen? Pflüger wusste doch sowieso, was ihm blühte, wenn er Sottek vor Gericht ans Messer lieferte.

Die Inselpolizisten gingen zu Schröder, der Pflüger in der Arrestzelle Gesellschaft leistete. Inzwischen hatte der BKA-Mann den Zettel in einen Beweisstückbeutel getan.

»Blockschrift, mit Kugelschreiber auf ein weißes Blatt Papier geschrieben«, stellte der Hauptkommissar fest. »Vermutlich war es der Killer selbst, dem wir diese Botschaft zu verdanken haben.«

»Ich bin so gut wie tot«, sagte der Kronzeuge mit tonloser Stimme.

»So weit sind wir noch lange nicht«, betonte die Kommissarin mit Nachdruck. »Sie dürfen die Nerven nicht verlieren.«

»Der Witz war gut!«, stieß Pflüger hervor. »Der Kerl hätte ebenso gut auch eine Handgranate durch das Fenster werfen können.«

Antje lag die Feststellung auf der Zunge, dass die Stahlgitter für ein solches Objekt zu engmaschig waren. Doch sie verkniff sich diese Information, denn der Mann war offensichtlich verängstigt. Er würde momentan für ein vernünftiges Argument nicht zugänglich sein. Daher sagte sie: »Ich koche Ihnen einen Kamillentee, der beruhigt.«

Während die Kommissarin in der kleinen Teeküche der Wache den Wasserkessel aufsetzte, gesellte sich Schröder zu ihr.

»Ich habe schon daran gedacht, Pflüger zurück aufs Festland zu verlegen«, sagte er. »Der Wunsch, ihn auf Juist vor Sottek zu verstecken, hat sich ja von selbst erledigt. Und in einem Hochsicherheitstrakt können wir ihn besser schützen als hier.«

Auf den ersten Blick erschien der Vorschlag verlockend. Antje führte sich vor Augen, dass sie und Roland dann nicht mehr verantwortlich für die Sicherheit des Kronzeugen wären. Doch schon im nächsten Moment meldete sich ihr polizeiliches Verantwortungsgefühl zu Wort. Sie sagte: »Womöglich will Sottek genau diese Reaktion von uns hervorrufen. Während des Transports wäre Pflüger extrem angreifbar.«

»Ja, damit hast du leider recht«, gab der Hauptkommissar zu. »Außerdem kann ich eine solche Entscheidung nicht allein treffen, ich muss mich mit meinen Vorgesetzten abstimmen.«

Antje nickte und sagte: »Wir werden jedenfalls nicht die Hände in den Schoß legen, solange sich ein Mörder auf freiem Fuß befindet. Ich kenne diese Insel wie meine Westentasche. Wenn sich Wiener oder Henke irgendwo auf dem ›Töwerland‹ befinden, dann werden wir sie auftreiben.«

Schröder warf der Kommissarin einen fragenden Blick zu. Roland, der hinzugekommen war, erklärte: »Töwerland bedeutet so etwas wie Zauberland. Das ist ein Spitzname für Juist.«

»Ah, so ist das. Ich telefoniere jetzt mit Wiesbaden und bewache weiterhin Pflüger. Ansonsten drücke ich euch für die Fahndung die Daumen«, sagte der BKA-Mann.

Die Inselpolizisten bedankten sich und verließen die Wache. Antje hatte zuvor die erkennungsdienstlichen Fotos von Henke ausgedruckt. Sie waren zwar nicht mehr aktuell, doch ein Mensch konnte sein Aussehen nicht grundlegend verändern, falls er sich nicht einer Gesichtsoperation unterzog. Bei Wiener war die Sache schon schwieriger. Rolands Gedanken schienen in die gleiche Richtung zu gehen. Er sagte: »Von dem zweiten möglichen Killer haben wir leider keine Personenbeschreibung, von einem Bild ganz zu schweigen.«

»Solange wir nicht wissen, ob Henke oder Wiener oder noch jemand anders den Mord begangen hat, müssen wir eben einzelne männliche Personen überprüfen. Lydia Pohl war sicher, dass zwei Männer mit dem Schlauchboot gelandet sind. Daran sollten wir uns halten.«

Die Kommissare machten sich zu Fuß auf den Weg. Sie arbeiteten sich zunächst Richtung Hafen vor. Ansässige Insulaner schloss die Kommissarin bei ihrer Fahndung von vornherein aus. Es war nicht anzunehmen, dass sich ein Juister plötzlich auf Sotteks Lohnliste fand. Natürlich gab es auch auf dem »Töwerland« einige Zeitgenossen, die mit dem Gesetz in Konflikt gerieten. Doch Antje kannte die einschlägigen Verdächtigen. Es waren Kleinkriminelle, denen sie keinen Mord zutraute. Und – wichtiger noch – Sottek würde für diese Aufgabe gewiss nicht jemanden anheuern, der sich nicht bereits als Killer für seine Organisation bewährt hatte. Der Alte war offensichtlich ein Mann, der nichts dem Zufall überließ.

Es war, als ob die Kommissarin durch ihre Überlegungen eine Begegnung mit Sottek heraufbeschworen hätte.

Als die Inselpolizisten nämlich auf der Bahnhofstraße am *Café Baumanns* vorbeikamen, sahen sie dort den Alten und seinen Handlanger sitzen.

Kapitel 12

»Lass uns zu Ihnen gehen und auf den Busch klopfen«, sagte Antje. Als Nächstes stieß sie die Tür des beliebten Traditionscafés auf und ging zu den beiden Kriminellen. Sie ließ sich von dem friedlichen Bild nicht täuschen. Sottek hatte sich den legendären Apfelstrudel bestellt und trank dazu Ostfriesentee mit Kandis und Sahne. Sein Gefolgsmann aß ein Bananensplit, außerdem stand ein Becher Kaffee vor ihm. Während der Alte sein falsches Lächeln aufsetzte, starrte Rebe wie üblich finster vor sich hin.

»Ich habe beinahe ein schlechtes Gewissen, weil wir es uns hier gut gehen lassen, während Sie so hart arbeiten müssen«, spottete Sottek. »Wollen Sie nicht Platz nehmen?«

Er deutete auf zwei leere Stühle an dem Tisch. Antje schaute sich im Café genauer um. Es war gut besucht, es roch nach frisch gebackenem Kuchen und nach Kaffee. Bei den übrigen Gästen handelte es sich offenbar um junge Familien und ältere Ehepaare. Die Kommissarin konnte sich nicht vorstellen, dass Sottek so dumm sein würde, den Killer an einem öffentlichen Ort zu treffen. Andererseits – die Inselpolizisten kannten Wieners Aussehen nicht. Wenn er nun Kea Hagens Mörder war? Doch einen einzelnen Mann konnte sie nirgendwo im Café entdecken.

»Wir sind im Dienst«, sagte Roland mit ausdrucksloser Stimme. Er wollte sich offensichtlich ebenso wenig wie seine Kollegin provozieren lassen. Antje zwang sich zu einem Lächeln und sagte: »Sie können uns trotzdem behilflich sein, Herr Sottek. Haben Sie diesen Mann schon einmal gesehen?«

Mit diesen Worten zog sie den Ausdruck mit den erkennungsdienstlichen Fotos von Henke aus der Jacke und überreichte dem Alten das Papier. Sottek setzte seine Brille auf und tat so, als ob er die Bilder genau betrachten würde.

Antje hätte zu gern gewusst, was in diesem Moment in seinem Kopf vor sich ging. Triumphierte er, weil die Kommissare komplett auf dem Holzweg waren? Oder wurde er unruhig, weil sie den richtigen Mann jagten? Es war der Ermittlerin unmöglich, das Mienenspiel des Alten zu deuten. Er reichte das Blatt an Rebe weiter, der nur einen flüchtigen Blick darauf warf und es ihm dann zurückgab.

»Nie gesehen«, nuschelte Rebe.

Sottek zuckte mit den Schultern und reichte das Papier wieder an Antje weiter.

»Ich bedaure, Frau Fedder. Diese Person ist uns völlig unbekannt. – Fahnden Sie nach dem Mann?«

»Wir wollen ihn im Zusammenhang mit einer Straftat befragen«, antwortete sie. In diesem Moment klingelte Rolands Handy. Die Inselpolizisten schalteten die Anrufumleitung ein, wenn sie die Dienststelle verließen. Dann landeten die Gespräche entweder auf Antjes oder auf Rolands Smartphone. Momentan war die Wache zwar durch Schröder besetzt, der aber auf die Insel bezogene Fragen nicht beantworten konnte. Daher wurden auch jetzt die Telefonate weiter durchgestellt.

»Moin, Sie sprechen mit der Polizei Juist. Mein Name ist Witte. Was ...«

Der Kommissar unterbrach sich selbst, denn offenbar hatte der Teilnehmer aufgelegt. Scheinbar gab es auch auf der Insel Menschen, die es lustig fanden, bei der Polizei Scherzanrufe zu machen. Oder – war der BKA-Kollege am Apparat gewesen, der sich aktuell in Bedrängnis befand? Wurde Schröder womöglich in diesem Moment von Henke oder von Wiener attackiert? Bei diesem Gedanken krampfte sich Antjes Magen zusammen.

»Wir müssen weiter«, sagte sie zu den beiden Ganoven. »Wir wünschen Ihnen noch einen schönen Tag.«

Sie verließ das Café und trat auf die Bahnhofstraße hinaus, Roland folgte ihr.

»Wir hätten den anderen Gästen auch noch das Foto zeigen können«, meinte er.

»Ja, aber mir war jetzt etwas anderes wichtig. – Wer hat eben bei dir angerufen?«

»Keine Ahnung, der Vogel hat aufgelegt. – Was machst du?«

Die Kommissarin zog ihr Smartphone heraus und holte Schröders Mobilfunknummer aus dem Kurzwahlspeicher. Ihr Herz klopfte laut, während mehrfach das Freizeichen ertönte. Schließlich meldete sich der Hauptkommissar.

»Ja, Antje?«

»Ich will mich nur erkundigen, ob bei dir alles in Ordnung ist.«

»Hier gibt es keine Probleme. – Wir sollten den Zettel mit der Botschaft so bald wie möglich kriminaltechnisch auswerten lassen. Wenn wir den Mörder verhaftet haben, kann das Papier ein wichtiges Indiz sein. Mit etwas Glück lassen sich Fingerabdrücke oder DNA nachweisen. Oder beides.«

Schröder war offenbar noch zuversichtlich, dass der Killer ihnen ins Netz gehen würde. Sie beschloss, sich von seinem Optimismus anstecken zu lassen, obwohl ihr nach wie vor unklar war, wo genau sich der Verdächtige aufhielt. Sie beendete das Gespräch und wandte sich an Roland, während die beiden weiter Richtung Fährterminal gingen.

»Du weißt auch, dass es in der unmittelbaren Umgebung der Polizeiwache keine brauchbaren Versteckmöglichkeiten gibt. Mir ist immer noch nicht klar, wie der Täter an Pflüger herankommen will.«

»Womöglich ist gar kein weiterer Mord geplant«, mutmaßte der Kommissar. »Der Killer hat es geschafft, Kea Hagen zu töten. Das war sozusagen ein Warnschuss für

Pflüger. Als Nächstes gelang es ihm, den Zettel in die Arrestzelle zu werfen. Der Kronzeuge weiß jetzt, dass er vor Gericht unbedingt die Klappe halten muss. Vielleicht bringt der Alte es ja wirklich nicht über das Herz, Pflüger umbringen zu lassen. Die beiden stehen einander vielleicht näher, als wir ahnen.«

»Möglich, aber ich will mich nicht auf diese Variante verlassen. Außerdem darf der Mord an der jungen Frau nicht ungesühnt bleiben, und ...«

Antje beendete den Satz nicht, denn diesmal klingelte ihr Handy. Sie war jetzt gerade in der richtigen Stimmung, um sich mit einem Telefonstreich herumzuärgern.

»Moin, Polizei Juist. Mein Name ist Fedder. Was kann ich für Sie tun?«

Eine unbekannte Männerstimme erklang.

»Sie kennen mich nicht, Frau Fedder. Mein Name ist Henke. Ich bin hier in der Juister Kajüte, und ich habe Ihren Vater bei mir. Wenn Sie tun, was ich sage, bleibt er am Leben. Antworten Sie mit dem Wort Ja.«

***

Antjes Herzschlag schien auszusetzen. Ihr Kreislauf spielte verrückt. Sie blieb stehen und lehnte sich gegen das gemauerte Deichschart. An dieser Stelle konnte bei Sturmfluten ein massives Tor geschlossen werden, damit das Wasser vom Hafen aus nicht in die Bahnhofstraße und den Ortskern strömte. Auch die Inselpolizistin fühlte sich in diesem Moment, als ob sie von einer eiskalten Riesenwelle überrollt wurde. Doch sie durfte jetzt nicht in Panik verfallen, es ging um ihren Vater. Zunächst wollte sie Zeit gewinnen.

»Ja«, gab sie deshalb zurück. Roland warf ihr einen fragenden Blick zu, blieb aber etwas auf Abstand. Daher konnte er nicht hören, was zwischen ihr und Henke gesprochen wurde.

»Sehr gut, Frau Fedder. Und nun sagen Sie: ›Bist du es wirklich, Rieke?‹ Ich bin nämlich eine alte Schulfreundin von Ihnen, kapiert?«

»Bist du es wirklich, Rieke?«

Noch hatte die Kommissarin nicht die geringste Ahnung, worauf dieses Telefonat hinauslaufen würde. Nur eines stand für sie jetzt schon fest: Henke war keineswegs geisteskrank. Er folgte einem ausgetüftelten Plan, den vermutlich Sottek höchstpersönlich entworfen hatte.

»Sehr schön, Frau Fedder. Ich freue mich, dass Sie vernünftig sind. Ich sage Ihnen jetzt, wie es weitergeht. Falls Ihr Kollege wieder die Nacht auf der Wache verbringen will, reden Sie es ihm aus. Auch Schröder soll sich gefälligst in sein Hotel verziehen. Es ist wichtig, dass Sie mit Pflüger allein sind. Sobald es keine Zeugen gibt, gehen Sie in seine Zelle und erschießen den Kerl.«

»Wie ist das möglich, Rieke?«

Antje musste sich wirklich zusammenreißen, um bei dieser Farce mitzuspielen. Doch es war notwendig, um das Leben ihres Vaters zu schützen. Außerdem konnte sie nicht ausschließen, dass Henke sie in diesem Moment aus sicherer Entfernung beobachtete.

»Oh, das lässt sich sehr gut machen. Sie können ja einfach behaupten, dass Pflüger sich auf Sie gestürzt hat. Er wollte Ihnen die Waffe entreißen, dabei löste sich ein Schuss. Ich werde die Polizeistation im Auge behalten. Gleich bekommen Sie von mir meine Mobilfunknummer. Nachdem Pflüger ins Gras gebissen hat, alarmieren Sie natürlich Ihren Kollegen und diesen BKA-Clown. Sie wissen ja, wie es dann weitergeht. Sobald ein Arzt den Totenschein ausgestellt hat, machen Sie ein Foto von dem Dokument und schicken es mir. Dann lasse ich Ihren Papa gehen. Und falls Sie Witte oder Schröder auch nur ein Wort von unserem Gespräch verraten, lasse ich meine Wut an Ihrem Vater aus. Haben wir uns verstanden?«

»Ich freue mich auch, dich bald wiederzusehen, Rieke. Dein Vorschlag gefällt mir gut.«

Henke lachte dreckig und beendete das Telefonat.

Kapitel 13

»Man könnte meinen, dass du einen Geist gesehen hast«, sagte Roland und schaute seine Freundin besorgt an. Antje konnte sich lebhaft vorstellen, dass die soeben empfangene Hiobsbotschaft Spuren auf ihrem Gesicht hinterlassen hatte. Wie das blühende Leben schaute sie in diesem Moment gewiss nicht aus.

Die Kommissarin dachte keine Sekunde daran, auf die Forderungen des Mörders einzugehen. Sie verabscheute Krimis, in denen ein Ermittler riskante Alleingänge unternahm und dabei sämtliche Regeln mit Füßen trat. Polizeiarbeit war immer noch Teamarbeit. Und Antje konnte ihren Vater nur retten, indem sie Roland und Schröder einbezog.

Sie würde sich jedenfalls nicht auf die Versprechungen eines Mörders verlassen.

»Du musst jetzt ruhig bleiben, mein Lieber«, raunte sie dem Kommissar zu. »Henke hat mich gerade angerufen, er hält Papa als Geisel und will, dass ich Pflüger erschieße Ich bin zum Schein auf seine Forderung eingegangen, und jetzt brauche ich deine Hilfe.«

Roland erschrak sichtlich.

»Wir sollten uns sofort mit Schröder zusammensetzen. Ich wette, dass er schon öfter mit Geiselnahmen zu tun hatte.«

»Ja, das wollte ich auch gerade vorschlagen.«

Auf dem Rückweg zur Polizeistation schlug Antje den Weg über den Deich ein. Sie war normalerweise ein Muster an Selbstbeherrschung. Trotzdem wollte sie es vermeiden, schon wieder am *Café Baumanns* vorbeizugehen. Wenn sie in ihrer aktuellen Gefühlslage Sotteks grinsende Visage erblickte, würde sie für nichts garantieren können.

Die Kommissarin war sich darüber im Klaren, dass sie unter Schock stand. Umso wichtiger war es, sich nicht zu unbedachten Handlungen hinreißen zu lassen. Der kleinste Fehler ihrerseits konnte für ihren Vater entsetzliche Folgen haben. Und sie wusste nicht, wie sie mit dieser Schuld hätte weiterleben können.

Später wusste Antje nicht mehr, wie sie es bis ins Wachlokal geschafft hatte. Irgendwann saß sie jedenfalls auf ihrem Bürostuhl und berichtete dem Hauptkommissar von dem Telefonat, das Henke mit ihr geführt hatte. Dabei ließ sie kein Detail aus. Sie konnte Tjark Fedder jetzt nur helfen, indem sie alle Einzelheiten auf den Tisch legte. Nachdem sie fertig war, herrschte einen Moment lang Schweigen, das von Roland durchbrochen wurde.

»Was für ein satanischer Plan!«

Schröder sagte: »Die gute Nachricht lautet, dass Henke erst heute Abend oder während der Nacht Antjes Aktion erwartet. Wir haben also noch Zeit, um uns eine Gegenstrategie zu überlegen.«

»Wie wäre es, wenn du einfach in die Luft schießt?«, sagte Roland zu ihr. »Wir weihen einen Arzt ein, der einen falschen Totenschein ausstellt. Du schickst ein Foto davon an den Mörder, wie er es verlangt hat.«

»Das könnte funktionieren«, gab Antje zu. »Allerdings besteht die Gefahr, dass Henke den Schwindel durchschaut. Außerdem wäre mein Vater dann noch viele Stunden in seiner Gewalt. Und wir wissen gar nicht, ob er überhaupt noch lebt.«

Sie kämpfte mit den Tränen, obwohl sie normalerweise nicht nah am Wasser gebaut hatte. Doch die momentane Lage war alles andere als gewohnt.

»Woher wusste Henke überhaupt, wer dein Vater ist und wo er ihn findet?«, wollte der BKA-Beamte wissen.

»Der Mörder und sein Strippenzieher Sottek konnten ihre Juist-Aktion in Ruhe vorbereiten«, stellte Antje klar. »Der Schurke hat sein Hotelzimmer schon vor drei Wochen gebucht. Ich gehe davon aus, dass spätestens seit dem Zeitpunkt seine Planung anlief. Es ist kein Geheimnis, dass Tjark Fedder mein Vater ist und ihm außerdem die Juister Kajüte gehört. – Und auf dem Papier könnte Sotteks Vorhaben durchaus gelingen. Es wäre glaubhaft, dass Pflüger mich überwältigen will, um zu entkommen. Dass sich dabei ein Schuss löst, ist nachvollziehbar. Selbstverständlich würde die Interne gegen mich ermitteln, aber wahrscheinlich käme ich mit einem blauen Auge davon.«

Roland legte seinen Arm um ihre Schultern.

»Abgesehen davon, dass du niemals auf einen Unbewaffneten schießen und mit Gangstern gemeinsame Sache machen würdest, Antje.«

»Das stimmt, aber ich will auch meinen Vater nicht verlieren.«

»Ich kann eine SEK-Einheit anfordern, die auf Geiselbefreiungen spezialisiert ist«, schlug Schröder vor. Antje schüttelte heftig den Kopf.

»Nein, auf keinen Fall! Die Kollegen würden wahrscheinlich mit einem Helikopter anrücken. Das Rotorengeräusch ist auf der ganzen Insel zu hören. Henke kann meinen Vater töten, bevor das SEK auch nur in die Nähe seines Lokals kommt.«

Und Roland ergänzte: »Sobald das Spezialkommando kommt, weiß der Mörder, dass Antje uns seine Forderung nicht verschwiegen hat.«

»Ja, das ist nicht von der Hand zu weisen«, gab Schröder zu. Jemand klingelte an der Tür des Wachlokals. Die Kommissarin sprang auf, um zu öffnen. Sie hoffte, dass es nicht schon wieder ein Tourist wäre, der seine Geldbörse am Strand verbummelt hatte.

Doch stattdessen stand ihr Vater vor der Tür. Er presste ein weißes Stofftaschentuch gegen seine blutende Stirn und sagte: »Da liegt so ein Schweinekerl in meiner Gaststube, den ihr mal einbuchten müsstet.«

***

Als Inselfriesin neigte Antje nicht zu übertriebenen Gefühlsausbrüchen. Doch in diesem Moment fiel sie ihrem Vater jubelnd um den Hals. Sie war so erleichtert darüber, dass es ihm gut ging – abgesehen natürlich von der Kopfwunde. Roland telefonierte bereits nach einem Arzt.

Nach der Begrüßung drängte die Kommissarin ihren Vater dazu, sich auf den Schreibtischstuhl ihres Kollegen zu setzen. Schröder gab Tjark die Hand und stellte sich selbst vor.

»Bundeskriminalamt? Da bin ich wohl mitten in einen großen Schlamassel geraten«, brummte der Gastwirt.

»Kannst du uns erzählen, was passiert ist? Oder bist du dafür momentan noch zu schwach?«, fragte Antje besorgt.

»Schwach? Ich habe diesen Gorilla ausgeknockt, der mich überfallen hat«, erwiderte Tjark schmunzelnd. »Ich war allein in meiner Bar und bereitete mich auf das Tagesgeschäft vor, als dieser Typ reinkam und mich ohne Vorwarnung niederschlug. Ich weiß nicht, wie lange ich weggetreten war. Der Schurke hat den Fehler gemacht, mir keine Fesseln anzulegen. Vielleicht dachte er auch, ich wäre schon endgültig hinüber, was weiß ich. Jedenfalls schnappte ich mir eine Flasche guten Jamaika-Rum und zog sie ihm über den Schädel, als er mir den Rücken zudrehte. Übrigens hat der Mistbock auch mein Festnetz-Telefon und mein Handy kaputtgemacht, deshalb musste ich zu Fuß hierherkommen.«

»Ich laufe sofort zur Juister Kajüte und lege Henke Handschellen an«, meinte Roland.

»Ich komme mit«, sagte Schröder. Die beiden Männer verschwanden aus der Polizeistation.

Tjark warf seiner Tochter einen fragenden Blick zu: »Ihr wisst, wer dieser Ganove ist?«

»Ja, es handelt sich wahrscheinlich um einen gefährlichen Killer. Du warst sehr tapfer, Papa!«

»Ich wollte mich einfach nur meiner Haut wehren«, erwiderte der alte Seebär. »Und übrigens gibt es im Hafenviertel von Buenos Aires bedeutend härtere Burschen, mit denen ich schon gekämpft habe.«

Kapitel 14

Tjark Fedder hatte eine Platzwunde an der Stirn davongetragen, die der Mediziner mit wenigen Stichen nähte. Antjes Vater schien den Überfall ziemlich gelassen wegzustecken. Die Kommissarin wusste, dass er ein bewegtes Leben geführt hatte, bevor er im Ruhestand zum Gastwirt auf seiner Heimatinsel geworden war. Henke hatte bei Tjark wahrscheinlich keinen bleibenden Eindruck hinterlassen.

Nachdem der Arzt sich um Antjes Vater gekümmert hatte, schickte sie ihn gleich weiter zur Juister Kajüte. Roland hatte nämlich angerufen und ihr mitgeteilt, dass der Mörder inzwischen in Handschellen gelegt, aber immer noch bewusstlos war.

»Wir haben bei Henke eine Fünfundvierziger sichergestellt«, sagte der Kommissar. »Ich wette, dass es sich um die Tatwaffe beim Mord an Kea Hagen handelt. Ein Smartphone hatte der Kerl natürlich auch bei sich. Wir können ihm wahrscheinlich seine Verbindung zu Sottek nachweisen, nachdem die Kriminaltechniker das Gerät ausgelesen haben.«

»Das sind tolle Nachrichten, aber ich muss mich jetzt wieder um meinen Vater kümmern«, gab die Kommissarin zurück und beendete das Telefonat. Doch es sah nicht so aus, als ob der Kneipier aktuell Hilfe benötigen würde. Der Doktor hatte Tjark Fedder einen Kopfverband angelegt.

»Ob ich wohl mein Lokal heute öffnen darf?«, fragte er leutselig.

»Papa, du warst bewusstlos!«

»Jetzt bin ich aber wieder fit.«

»Außerdem ist der Gastraum ein Tatort. Wir müssen dort Beweise sichern. Du willst doch auch, dass dein Angreifer rechtskräftig verurteilt wird, oder?«

»Dann muss ich mich wohl fügen«, gab Tjark Fedder zurück und blinzelte seiner Tochter schmunzelnd zu.

»Ich bin gleich wieder da«, sagte sie und ging zur Arrestzelle. Antje öffnete die Tür und sagte: »Es gibt gute Neuigkeiten, Pflüger. Henke wurde verhaftet. Und bevor Sottek Ihnen einen weiteren Killer auf den Hals hetzen kann, sperren wir ihn ebenfalls ein.«

»Wirklich?«, hakte der Kronzeuge nach. Eine große seelische Last schien von ihm abzufallen. Er fuhr fort: »Das hätte ich Ihnen gar nicht zugetraut, ehrlich gesagt.«

»Man sollte sich eben nie vom ersten Eindruck täuschen lassen«, erwiderte die Kommissarin lächelnd. »Ich habe noch etwas zu erledigen, aber Sie können wahrscheinlich bald aufs Festland zurückkehren.«

Als Antje wieder ins Wachlokal trat, hatte sich Roland zu ihrem Vater gesellt.

»Schröder bleibt bei Henke in der Juister Kajüte«, erklärte ihr Kollege. »Außerdem hat er wieder die Kriminaltechniker angefordert. Den Mörder werden wir wahrscheinlich noch heute ausfliegen.«

»Und nicht nur ihn«, gab Antje trocken zurück. »Uns steht noch eine angenehme Aufgabe bevor, richtig? – Soll ich dir erst noch einen Tee kochen, Papa?«

Die Frage war natürlich an ihren Vater gerichtet, aber Tjark schüttelte den Kopf: »Nee, danke. Das kann ich auch selbst machen. Ich bin ja jetzt zur Untätigkeit verdammt, wenn ihr in meinem Lokal alles auf den Kopf stellen wollt.«

»Wir schauen den Kriminaltechnikern auf die Finger«, erwiderte die Kommissarin lachend. »Bis später, Papa.«

Sie setzte ihre Dienstmütze auf und verließ gemeinsam mit Roland die Wache.

»Wahrscheinlich kam der erste Anruf auch schon von Henke, oder?«, fragte er.

Antje nickte.

»Davon gehe ich aus. Aber weil er dich am Apparat hatte, legte er gleich wieder auf. Es ging ihm darum, mich unter Druck zu setzen.«

»Was für ein schurkischer Plan! – Ich vermute, dass wir jetzt wieder zum *Café Baumanns* gehen?«

»Ja, damit liegst du richtig. Hoffentlich sind unsere speziellen Freunde noch dort.«

Antjes Zweifel waren unbegründet. Als die Inselpolizisten den Gastraum erneut betraten, hatten sich die Verbrecher für eine weitere Runde Leckereien entschieden. Sottek blickte auf. Und bevor er die Kommissare verhöhnen konnte, lächelte Antje ihn an und sagte: »Sie werden niemals erraten, wen wir gerade verhaftet haben. Ich soll Sie übrigens unbekannterweise von meinem Vater grüßen, es geht ihm gut. – Bitte folgen Sie uns zur Polizeistation.«

Der entsetzte Gesichtsausdruck des Alten entschädigte die Inselpolizistin mehr als genug für den Stress der vergangenen Tage.

ENDE

Ostfrieslandkrimi-Empfehlungen
des Klarant Verlages

Lernen Sie auch die anderen Bücher der Ostfrieslandkrimi-Serie »**Witte und Fedder ermitteln**« von **Sina Jorritsma** kennen:

Die Kommissarin Antje Fedder ist ein waschechtes Juister Inselkind. Sie kennt ihr Heimat-Eiland wie ihre Westentasche. Als zurückhaltende Norddeutsche hat sie manchmal Probleme mit der charmanten und unbeschwerten Art ihres Kollegen Roland Witte, der heimlich in sie verliebt ist. Oder vielleicht doch nicht? Diese Frage muss zunächst unbeantwortet bleiben, denn die beiden Polizisten lösen auf der kleinen Insel auch die kniffligsten Krimirätsel. Auch Antjes Vater Tjark Fedder steht ihnen mit Rat und Tat zur Seite, denn der Gastwirt schnappt viele Informationen auf. Nur die übereifrige Bürgermeisterin Silke Meester erschwert den Ermittlern oft die Arbeit.

In der Serie sind bereits folgende Ostfrieslandkrimis erschienen:

»Juister Herzen«, Band 1
Taschenbuch-ISBN: 978-3-95573-911-9
eBook-ISBN: 978-3-95573-912-6

Ein mysteriöser Todesfall versetzt die ostfriesische Insel Juist in Aufruhr. Im Bett einer Ferienwohnung liegt die Leiche einer jungen Frau. Doch weder sind äußere Verletzungen erkennbar, noch wohnte Diana Schröder in der Unterkunft, in der sie allem Anschein nach starb. Die Inselkommissare Antje Fedder und Roland Witte nehmen die Ermittlungen auf, und schnell finden sie heraus: Die Ferienwohnung wird von einer Selbsthilfegruppe gemietet, deren Mitglieder ihre große Liebe verloren haben. Juister Herzen nennt sich die Veranstaltung auf der idyllischen Nordseeinsel, die helfen soll, verletzte Seelen wieder zu heilen. Aber wie kam Diana überhaupt in dieses Bett? Und weshalb trug sie eine Pistole bei sich? Ins Visier der Ermittlungen gerät Clemens Vogt, der Leiter der Selbsthilfegruppe. Die Inselkommissare bezweifeln seine guten Absichten und stoßen schließlich doch auf eine überraschende Verbindung zwischen den Juister Herzen und der Toten ...

»Juister Düfte«, Band 2
Taschenbuch-ISBN: 978-3-95573-957-7
eBook-ISBN: 978-3-95573-958-4

»Juister Reiter«, Band 3
Taschenbuch-ISBN: 978-3-96586-027-8
eBook-ISBN: 978-3-96586-028-5

»Juister Taucher«, Band 4
Taschenbuch-ISBN: 978-3-96586-088-9
eBook-ISBN: 978-3-96586-089-6

»Juister Düne«, Band 5
Taschenbuch-ISBN: 978-3-96586-126-8
eBook-ISBN: 978-3-96586-127-5

»Juister Hochzeit«, Band 6
Taschenbuch-ISBN: 978-3-96586-176-3
eBook-ISBN: 978-3-96586-177-0

»Juister Lüge«, Band 7
Taschenbuch-ISBN: 978-3-96586-217-3
eBook-ISBN: 978-3-96586-218-0

»Juister Perlen«, Band 8
Taschenbuch-ISBN: 978-3-96586-267-8
eBook-ISBN: 978-3-96586-268-5

»Juister Zeuge«, Band 9
Taschenbuch-ISBN: 978-3-96586-307-1
eBook-ISBN: 978-3-96586-308-8

Klarant Verlag

Lernen Sie die Ostfrieslandkrimi-Titel des Klarant Verlages kennen und besuchen Sie uns im Internet unter:

www.ostfrieslandkrimi.de

und

www.klarant.de

Sie können dort Näheres über unsere Autoren erfahren, viele weitere interessante Bücher und eBooks finden und Leseproben herunterladen. Mit dem kostenlosen Newsletter auf

www.ostfrieslandkrimi-lesen.de

erhalten Sie aktuelle Informationen rund um das Verlagsprogramm, wie beispielsweise spannende Neuerscheinungen und Gewinnspiele.